Naw Math o Gi

Mary Hughes

Argraffiad cyntaf—1997

ISBN 1 85902 517 X

ⓗ Mary Hughes

Mae Mary Hughes wedi datgan ei hawl dan Ddeddf
Hawlfraint, Dyluniadau a Phatentau 1988 i gael ei
chydnabod fel awdur y llyfr hwn.

Dymuna'r cyhoeddwyr gydnabod cymorth
Cyngor Llyfrau Cymru.

Argraffwyd gan
Wasg Gomer, Llandysul, Ceredigion

'Childhood—an innocence betrayed'
(*The Observer,* Mehefin 1995)

1.

Fel hyn y byddan nhw bob tro cyn iddo fo fynd i ffwr', cyn mynd yn 'i ôl. Fyddwn ni'n cael trît bob tro ar y noson ola. Sglodion a phys slwdj mewn powlen fawr o siop Elin oedd o tro dwytha. Wedyn, fydda i'n gorfod 'i heglu hi am y lle sgwâr, fel ma' Dad yn galw'r gwely. Ond fydda i ddim yn cysgu, ddim am hir iawn, iawn. Gwrando fydda i. Clustfeinio a dychmygu be fedra i ddim 'i glwad yn iawn.

Mam ddaru neud pryd arbennig i ni heno, efo llestri gora a gwydra gwin a bob peth. Lliain bwrdd gwyn, 'run fath â Dolig, a wiw i mi ei faeddu, er mwyn iddo fo neud y tro unwaith eto, pan ddaw Nain yma i swpar efo ni. Ges i lymad bach o'r gwin efo nhw, ond ych, ro'n i'n 'i weld o'n beth drwg, sur a chwerw trwy'i gilydd rywsut ac aeth 'na beth i fyny'n ffroena i ond wnes i ddim cymryd arna rhag gneud ffŷs a lol a hitha'n noson arbennig i fod.

Allwn i ddeud bod y ddau ar binna. Dad yn rhy glên efo fi a Mam yn smalio bod yn joli. Wn i ddim pam na wnân nhw gyfadda bod gas ganddyn nhw'r noson ola, bob tro 'run fath. Tydi o ddim wedi dŵad yn well ers y tro cynta, er bod pawb wedi cymryd arnyn y basa fo. Crio faswn i'n lecio neud. Agor 'y ngheg yn llydan a nadu'n iawn fel byddwn i pan o'n i'n fach. Mi allwn feddwl 'mod i'n dal yn fach. Cael fy hel i 'ngwely!

Dwi isio bod yna, efo nhw, isio cael rhoi 'mhig i mewn a deud be dwi'n feddwl. Mam yn wfftio'r diwrnod o'r blaen, fel bydda'r oes o'r blaen yn deud dim wrth 'u plant; ddim yn egluro petha. Fuo bron i mi â'i hatgoffa hi o fel bydd hi a Dad bob un noson ola.

Mynd y bydda i, yn ddistaw, a mynd â Pero efo fi i'r llofft, a dyna'r unig dro i Mam beidio gweiddi,

'A phaid â mynd â'r hen gi 'na i'r llofft!'

Mi faswn i'n cael mynd â llo i fyny ar noson ola.

Mae o 'run fath â taswn i ddim yn bod iddyn nhw, ar ôl rhyw bwynt. Ac eto amdana i y byddan nhw'n rhefru efo'i gilydd yn amlach na pheidio. Dad yn trio egluro y bydd o'n lles yn y pen draw, 'i fod o wedi bod i ffwr' fel hyn. Dim ond rhyw ddwy flynadd eto ac mi fydd o adra efo ni, ac wedi gneud arian bach del.

Mam yn edliw y gallen ni fyw ar lai a bod yn deulu cyflawn. Fynta wedyn yn gofyn pam 'i bod hi'n gweithio 'ta. Glywis i'r atab heno!

'Rhaid i mi gal rhyw sgwrs 'blaw sgwrs plentyn efo'r hogyn 'ma ddydd ar ôl dydd. Gen i isio cwmpeini, Gwilym. Gen ti dy gwmpeini ar y blydi rig, 'toes!'

Mam yn rhegi!

Fydda i'n gallu clwad pob un gair pan fyddan nhw'n gweiddi, ond weithia mi fydd 'u lleisia nhw'n mynd i lawr yn isel, isel, o 'nghlyw i, a dim ond rhyw rygnu isel fydd 'na. Amser hynny fydda i'n poeni! Be tasa Dad ddim yn dŵad adra am bod Mam yn ffraeo?

Be tasa Mam yn laru ac yn mynd i chwilio am gwmpeini a 'ngadal i efo Pero'n fan'ma? Fydda i'n dychmygu hynny weithia. Pero a finna'n hunain bach, heb neb. Dad ar y rig ar y môr mawr. Ond mi fasa Nain yn dŵad aton ni!

Tydi hynny ddim yn stori mor druenus rhywsut ac mi fydda i'n stopio dychmygu. Ond fydd 'na lwmp mawr yn 'y mrest i a'n llgada fi'n pigo. Fydda i'n tynnu'r dillad dros fy mhen wedyn a dechra trio meddwl am y petha braf fuon ni'n neud. Mi fydd hynny'n gneud i mi

fynd i gysgu bob tro, ac erbyn y bora fydd Dad ar 'i
ffordd a dim ond Mam a finna a Pero yma, ac mi allwn
daeru mai breuddwydio wnes i am y ffraeo. Bob tro 'run
fath. Ac fel hyn bydd hi heno. Braf ydi gwely. Mi alla i
fod yn unrhyw un, yn unrhyw le, tu mewn i 'mhen, yn
fan hyn o dan y dillad. Yn esgimo mewn iglw, neu'n
rhynnu mewn hen, hen dŷ a thylla'n y to a drafftia mawr
o dan y drysa. Wn i ddim os bydd 'r hogia'n dychmygu
fel hyn. Fasa fo ddim 'run fath taswn i'n sôn wrthyn
nhw. 'Myd bach i ydi hwn yn fan hyn. Ma'n gynnas.
Fydd dim byd annifyr yn digwydd i ni, siŵr.

2.

'Rhen wynt 'na eto. A'r glaw. Fuon nhw wrthi trwy'r
nos. Finna'n meddwl am Dad.

Ro'n i'n trio gwrando hefyd, edrych glywn i Mam yn
symud. Tybed oedd hi hefyd 'di deffro? Fydd hi byth yn
deud. Ond mi fedra i weld pan fydd hi wedi bod yn troi
a throsi. Fydd 'i llgada hi'n flinedig, a chleisia duon bob
ochr i'w thrwyn hi.

Mae hi wedi bwrw a chwythu'n ddi-stop ers pythefnos,
ond neithiwr oedd waetha. Roedd 'na rwbath yn clepian
yn y cefn: clep, clep, clep. Ro'n i'n meddwl basa beth
bynnag oedd o'n siŵr o falu, ac wedyn fydda 'na ddim
mwy o glepian. Ond ddaru o ddim.

Ddôr drws nesa oedd o. Tydi hi ddim wedi malu;
ddim gwaeth nag oedd hi. Fydd drws nesa byth yn
trwsio dim byd. Dim ond gadal i betha falu a chael petha
newydd wedyn.

Rhaid i ni fod yn fwy darbodus, medda Mam. Dydw i ddim yn siŵr be ma' hi'n feddwl efo hynny. Gneud y tro heb ddim, ella. Rhag ofn. Mam o hyd yn deud 'rhag ofn'.

Roedd arna i ofn go iawn neithiwr. Dychmygu ddaru mi. Codi ofn arna fi fy hun. Rhoid fi fy hun yng nghroen dad, gora medrwn i 'lly.

Ar y rig. Ar y rig allan ar y môr, ar bob tywydd! Ond pan fydd o'n ca'l dŵad adra ma' Mam a fi a fo wrth ein bodda—fel Dolig a hwnnw'n para ac yn para.

Breuddwydiwr ydi Dad, medda Nain, ond wn i ddim sut gall hi ddeud hynny a fynta allan yn fan'cw yn nannedd y ddrycin a ninna yn ein gwlâu yn gynnas braf.

Gynno fo wely ar rig, siŵr, a chwmpeini, ond tydi o ddim 'run fath nagdi.

Fydda i'n holi ond tydi o ddim yn deud llawar. Well gynno fo sôn am lle basa fo'n lecio bod, tasa fo'n ca'l 'i freuddwyd. Ffarmwr oedd Dad isio bod ond na cha' fo ddim gin 'i rieni. A byth ers hynny mae o'n breuddwydio am y lle, am y tir a'r anifeiliaid a be fasa fo'n neud.

Wn i ddim a ydi Mam isio bod ar ffarm. Deud mae hi bod rhaid iddi fyw efo Dad fel mae o; neith o byth newid.

Hel pres mae o ma'n rhaid. Ma' bod ar y rig yn talu'n dda. 'Denjyr myni' ma' Geraint yn 'i alw fo. Tydi Mam ddim yn fodlon sôn am hynny.

Ew, leciwn i tasa Mam yn 'y nhrin i fel person call, er mwyn i mi gael sgwrs iawn am betha. Mi neith siarad yn iawn weithia, ond pan ddechreua i holi am Dad ac am y rig, ma' hi'n fy nhrin i fel cido bach.

Dyna pam fydda i'n lecio mynd i dŷ Tomos, ac i le Geraint. Tad Geraint yn uffar o ges, wps—dyna fi 'di gneud eto! Rhegi 'te. Bob tro fydda i'n meddwl am dad Geraint fydda i'n rhegi! Ew, rhegwr da, naturiol, ydi tad Ger.

Ddim rhegi budur. Cef fydd yn rhegi budur. Cef yn goman, medda Ger. Rhyw wenu ddaru Mam pan ofynnis i iddi hi a oedd hynny'n wir.

'Pawb yn wahanol 'sti, 'ngwas i,' ges i.

Hen atab di-ddim.

Isio gwbod o'n i be *ydi* coman.

Ydan ni'n goman?

Ydi Ger?

Tydi Tomos ddim. Allwch chi ddeud o'r ffor' ma' pawb yn 'i drin o.

Athrawon ydi mam a tad Tomos. Ond ma' nhw'n glên. Wir yr. Dwi wedi gweld lot mwy ar Tomos leni, ers i mi gael fy symud o grŵp Cef a mynd i grŵp Tomos a Geraint, a Siân a Llio. Ma' nhw'n iawn, ond bod nhw'n genod. Mwydro ma' nhw, janglo trw dydd, bob dydd. Ddaru Geraint roi thymp i Llio a gafodd o'i hel yn ôl i grŵp Cefyn wedyn am ddwrnod cyfa. Ro'dd Ger yn lecio'n iawn. Ond do'n i ddim. Well gen i Geraint yn 'run grŵp â fi. Fwy o hwyl efo Geraint, gynno fo hanesion a dywediada a ballu. Fydd Tomos yn dal 'i law dan 'i ben a'i geg yn gorad yn gwrando ar Ger. Llio a Siân hefyd. Ma' nhw'n meddwl bod yr haul yn tw'nnu o din Tomos. Ma' nhw'n rhyfadd efo fi—fel tasa nhw biti drosta i. Tydw i ddim yn ll'wath. Sbio a gwrando fydda i'n lecio. Gadal i'r lleill glebran. Heblaw ar ddy' Sadwrn.

Fydda i'n clepian gystal â neb ar ddy' Sadwrn. Hei! Ma' hi'n Sadwrn heddiw!

3.

Gyntad ag y clywodd o 'nhraed i ar y llofft dyma Pero i
fyny'r grisiau a'i gynffon o'n swalpio i bob man a'i
draed mawr o'n sgrialu'r matia ar y landing. Allwn i
ddychmygu Mam yn y gegin yn gwaredu ac yn cwyno.
'Be s' ar y ci gwirion 'ma?' Roddodd o bwniad i ddrws
y llofft efo'i drwyn a neidio'n glir i ganol y gwely! 'Hei!
Tyd o 'na! Ga'n ni goblyn o dafod os dalith Mam di ar y
gwely.' Rêl jolp ydi Pero, ond mae o'n werth y byd i mi.
Llyfodd o fi ar draws fy wyneb wedyn—peth arall
doedd Mam ddim yn 'i gymeradwyo!

'Sglyfath Per!' medda fi a rhoi pwniad iddo fo i'r
ochr i mi gael gorffan gwisgo.

Ddaru o fihafio wedyn, a'i gynffon o'n drymio ar y
llawr a'i dafod pinc meddal o'n hongian o un ochr i'w
geg o. Golwg wirion arno fo, 'run fath â tasa fo'n trio
gwenu arna i. Pan agoris i'r drws a chychwyn ar draws y
landing dyna fo'n mynd o 'mlaen i 'dwmp, dwmp,
dwmp' i lawr y grisia a sgidio rownd y postyn yn y
gwaelod. Mae Mam newydd sylwi, y diwrnod o'r blaen,
bod ôl 'i winadd o ar y teils. Fasa rhywun yn taeru bod
gas gin Mam Pero, ond dwi wedi'i gweld hi'n rhoi
mwytha iddo o flaen tân, dim ond fo a hi yn pendwmpian
a thwrw'r cloc yn tician. Braf! Sŵn cynnas, saff, a'r
drws allan wedi'i gau'n dynn.

Ma' 'na ogla da, ogla 'ffrei'—wy a bacwn a sosej a
darn o fara saim. Iymi! Ddim ond ar ddy' Sadwrn
fyddwn ni'n cael sgram o'r badall. Ma' Mam yn credu
mewn bwyd iach, a dim ond unwaith bob mis fyddwn
ni'n cael *chips*. Wir yr! Ond fydda i'n cael rhai yn 'r
ysgol a phob tro bron pan fyddwn ni'n mynd i lle

Geraint. Grêt o ddiwrnod ydi dy' Sadwrn. Gneud petha'n ara deg a dim *rhaid* gneud dim byd. Dwi'n meddwl bod Mam yn lecio dy' Sadwrn 'fyd achos fydd hi'n gwenu mwy ar ddy' Sadwrn.

A mi fyddwn ni'n mynd i dŷ Nain i de pnawn. Fyddwn ni'n mynd i siopa weithia, ond go lew dwi'n lecio siopa. Mae'n iawn os ydw i'n ca'l rhwbath.

Heddiw dwi'n mynd efo'r hogia at ymyl 'r afon, ond tydw i ddim am ddeud. Rhwystro fi neith Mam, wn i'n iawn. Ges i chwip din tro blaen fuon ni yno, achos 'nes i falu jersi bron yn newydd wrth fynd yn sownd mewn weiran bigog. Tydi hi ddim yn saff i grwydro'r wlad, medda Nain, ddim 'run fath ag erstalwm. Ond 'dan ni'n saff, siŵr, efo'n gilydd i gyd, a Pero efo ni 'fyd. Pero'n ffrindia mawr efo'r hogia a fydd o'n ca'l hwyl, alla i ddeud, achos fydd 'i gynffon o ddim yn stopio ysgwyd. Fydd o'n byta *crisps* efo ni ac un tro ddaru Cef bach roid taffi iddo fo. Chwerthin ddaru ni! Dannedd Per yn sownd yn 'i gilydd ac roedd o'n dechra myllio a finna'n diwadd yn trio'i gael o'n rhydd efo 'mysedd. Ych. Roedd 'i wynt o'n drewi ac ro'n i'n meddwl bod ogla ceg ci ar 'y mysedd i wedyn trwy'r dydd, a Mam yn methu dallt pam o'n i'n sgwrio 'mysedd o hyd.

'Tria beidio baeddu gormod a tyd adra am dy ginio mewn amsar call, nei di, 'ngwas i?' medda Mam, a finna'n ysgwyd 'y mhen i fyny ac i lawr fatha mul bach, achos bod 'y ngheg i'n llawn.

'Lle dach chi'n chwara heddiw?' oedd y cwestiwn nesa.

'Wn 'im,' a thrio sbio'n ddiniŵ.

'Ti'n addo nad ei di i lefydd gwirion?'

'M—hm,' meddwn i wedyn, efo 'ngheg i'n llawn eto.

13

Handi 'i bod hi wedi 'nysgu fi i beidio siarad efo bwyd yn 'y ngheg.

'Cofia di lapio'n ddigon cynnas, ma' hi'n dal yn oer er bod 'na haul.'

Fel'na ma' pobol, mamau yn arbennig. Mam Geraint, mam Tomos, mam pawb, am wn i. Fyddwn ni byth yn cael mynd i'r tŷ efo Cefyn, felly dim ond o bell dwi wedi gweld 'i fam o. Dynas ryfadd ydi Mam Cefyn. Îyrings mawr, mawr a legins tyn, tyn a ffag yn 'i llaw o hyd. Geraint oedd yn deud hynny. Dwi'n meddwl 'i bod hi'n be ma' nhw'n 'i alw'n goman. Ond ma' hi'n lliwgar. Gwallt melyn a lipstic coch, coch a dillad fedrwch chi weld o bell. Ond tydw i ddim yn meddwl fasa Mam yn edrach yn iawn mewn dillad fel'na chwaith.

Fydd Nain yn deud petha fydda i'n trio'u dallt am hydoedd wedyn. 'Dillad 'di'r dyn,' medda hi un tro pan oedd hi a Mam yn sôn am rywun do'n i ddim yn 'i nabod. Dwi'n dal i drio gweithio allan be oedd hi'n feddwl. Ella 'na i ofyn i mam Tomos pan fydda i'n 'i nabod hi'n well.

Mi fydd mam Tomos yn ateb pob dim, ddim yn trio troi stori fel bydd Mam.

Ond tydi hi ddim well gin i mam Tomos na Mam. Allwn i byth ddringo ar lin mam Tomos. Fydda i'n dal i fynd ar lin Mam, weithia, a hitha'n gafal amdana i'n dynn, dynn, am funud bach cyn deud, ''Na chdi 'rhen hogyn mawr i ti,' a rhoi cusan a phwniad bach i mi oddi wrthi. Dwi'n meddwl bod hi'n lecio hefyd. Ond faswn i, na hitha chwaith, byth yn deud wrth neb. Ddim ond wrth Dad, ella.

Tydi o byth yma i gael gwbod petha, ac mi fydda i'n meddwl weithia 'i fod o fatha dyn diarth.

14

Fi sy'n mynd i nôl Tomos ac mae Geraint yn mynd heibio lle Cef ac rydan ni'n cwarfod wrth giât 'r ysgol. Ddaru mi weld Llio a Siân yn mynd heibio mewn car efo mam Siân. Gwersi dawnsio, medda Tomos. Stiwpid! Liciwn i gael gwersi badminton. Ma' 'na rai i gael yn dre ond ma' Mam yn cau gaddo. Gawn ni weld, gawn ni weld! 'Run fath efo bob dim. Wn i ddim pam bod hi'n gweithio. 'Dan ni ddim gymint â hynny isio pres. Isio cwmpeini, medda hi. S'na'm llawar o gwmpeini i gael yn llnau swyddfa Jôs Blawd. Wahanol yn y Ship ella. Digon o gwmpeini yn fanno!

Bonc Felin ydi lle 'dan ni'n chwara rŵan. Fyddwn ni'n newid o hyd, dibynnu be fydd pawb 'di weld ar bocs ne' dibynnu ar y syniada fydd Cef bach 'di gael.

'Dilyn fi' ma' Cef yn galw Tomos, achos tydi Tomos byth yn lecio deud wrth bobol be i neud. Rhy neis! Sbeitlyd 'di Cef!

Do'dd gynnan ni ddim gêm i ddechra, dim ond digwydd troi am y Bonc ddaru ni. Mynd dow dow a siarad a mwya sydyn o'ddan ni'n chwara rowlio. 'Dan ni wedi gweithio allan rŵan bod yr un sy'n rowlio bella ar ôl tri thro yn ennill, ac felly mae hi o hyd dan nes flinan ni. Stiwpid! Ond hwyl! Hogia bach, hwyl! Gamp 'di rowlio'n syth. Pawb yn meddwl 'i fod o'n mynd i lawr yn syth ond yn lle hynny ma' pawb yn gam i gyd! Rowlio i faw gwartheg ddaru Cef tro dwytha. 'Be ddeudith dy fam, Cef?' meddan ni, wedi dychryn braidd.

'Duw! Dim byd. Ro' i'r dillad yn y *machine* cyn iddi ddŵad yn ôl o dre, a fydd hi ddim callach, na fydd.'

Fel 'na fydd Cef. Poeni dim! A ma' Cef yn gneud lot o betha yn y tŷ—newid 'i wely a rhoi dillad ar y lein a ballu. Faswn i'n medru, ond fydd Mam byth yn gofyn.

Tad Cef dda i ddim. Cef ddaru ddeud. A ddaru neb ofyn. Wir yr. Faswn i, a Tomos a Geraint hefyd dwi'n meddwl, yn ca'l row am ddeud y petha fydd Cef yn ddeud. 'Alli di gau ceg neb ond chdi dy hun,' medda Mam.

O'dd hynny'n wir hefyd. 'Run fath â'r tro hwnnw ddaru mi ddeud wrth Llio bod Tomos yn gweld Siân yn ddel. Ddaru Llio fynd yn syth a deud wrth Siân, ac erbyn amsar mynd adra, roedd 'r ysgol i gyd bron yn pryfocio Tomos a hwnnw'n dechra pwdu. Ro'n i bron â marw. Cwilydd 'mod i wedi bod yn hen geg. Ac ofn. Ofn fasa Tomos ddim isio bod yn ffrindia efo fi wedyn. Ro'n i'n mwynhau mynd i dŷ Tomos a chwara ar y cyfrifiadur. A do'n i ddim isio bod yn hen geg. Neb yn ffond o hen gega mawr, nagoedd.

Beth bynnag, ddaru ni chwara rowlio nes oeddan ni 'di laru. Doedd o ddim cystal hwyl tro yma. Wedyn gafodd Cef syniad bril. Mynd lawr y llwybr ac at y gors i edrych be welan ni. O'dd hi'n rhy ddiweddar i benabyliad, medda Geraint, ond ella fyddan ni'n gweld llyffantod bach. Roedd 'na rai melyn yn y gors a rhai duon wrth 'r afon medda Cefyn. Roedd gin Geraint *wellingtons*, ond dim ond *trainers* oedd gin Cefyn, Tomos a fi.

4.

Wellingtons ddeudis i? *Wellingtons* wir! 'Esu, gyson ni strach! Dychryn 'fyd. Ond chwerthin, wedyn, pan oedd pob dim drosodd, a gweld y ddwy legan yn sticio i fyny yn fanno. Roeddan ni, Ger, Cef, Tomos a fi—a Pero— wedi mynd dow dow i lawr at y gors a dyma Cef yn cofio fel fuo fo a'i frawd yn chwara ysgwyd tonnan un tro. Roedd rhaid ffendio poncyn solad dan draed yng nghanol y gwlybaniaeth a dechra symud i fyny ac i lawr yn ara deg bach i ddechra, a chyflymu nes oeddach chi'n neidio, er mwyn gweld y gors i gyd yn ysgwyd.

Ddaru Cef ddod o hyd i boncyn yn syth, ond roedd Tomos a fi 'chydig bach yn ofnus felly ddaru ni fynd efo'n gilydd. Doedd y poncyn ddaru Geraint neidio arno fo ddim yn solad, nag oedd. Dim ond lwmpyn o figwyn a gwellt oedd o. Oeddan ni'n cyfri un—dau—tri, a dechra siglo efo'n gilydd a hwyl iawn oedd o, gweld y gors yn ysgwyd i gyd am lathenni. Ddaru ni ddim sylwi am 'chydig bod Ger fel tasa fo'n mynd yn llai. Dyma fo'n gweiddi, 'Uffar dân, hogia, dwi'n sincio!'

Ddaru Tomos a fi stopio'n syth a neidio i le solad lle roedd y llwybr. Dal i siglo roedd Cef. Allwn i glwad y braw yn llais Ger ac roedd dŵr oer yn rhedag i lawr fy nghefn i.

'Cefyn, stopia, rhaid i ni helpu Ger!' gwaeddodd Tomos. Roedd Pero erbyn hyn wedi dod yn ei ôl ac yn dechra gwirioni, rhedag rownd fel peth ynfyd, a choethi dros y lle. Roedd o'n mynd reit at ymyl Ger ac yn coethi.

'Tria dynnu un goes allan gynta!' gwaeddodd Cef.

'Fedra i ddim!'

'Tria!'

'Dwi 'di trio, 'ndo?'

'Blydi hel, neith o foddi!' meddai Cefyn.

'Ddim os gnawn ni helpu,' meddwn i, heb yr un syniad be i neud.

Ddaru Tomos gynnig rhedag i'r ffarm i nôl help ond ddaru neb 'i atab o, dim ond trio meddwl ffor' i gael Ger yn rhydd.

'Wn i,' medda Cef, 'nawn ni ddefnyddio'r ci.'

'Y? Pero? Per ni? Be fedar o neud?'

'Bob dim, medda chdi. Dyma dy gyfla di i ddangos i be ma' o'n da.'

'Ia, ond . . .'

'Cau dy geg am funud! Ti'n iawn, Ger?'

Roedd Cefyn wedi cymryd drosodd rŵan, fel tasa fo'n lot hŷn na Tomos a fi.

'Tynna dy jersi,' medda fo wrth Tomos. 'A chditha.'

Ddaru ni'n dau dynnu'n jersis fel roedd o'n deud. Ew, ac roedd hi'n oer. A ninna ofn. Ofn oer, miniog. Roedd dannedd Tomos yn clecian. Finna isio pi-pi.

'Dowch y diawlad slo,' harthiodd Cef.

'Dowch, ffernols, dwi'n stŷc,' gwaeddodd Ger o'r gors.

'O.K. Ger. Dal d'afal. Gawn ni chdi'n rhydd,' medda Cef, fel tasa fo'n gwbod yn iawn be oedd o'n neud. Ella 'i fod o. Do'n i ddim, ac roedd llgada Tomos yn llawn dŵr rŵan. Ro'n i 'di siomi nad oedd o hannar mor ddewr â Cef.

'Dal y blydi ci 'na.'

'Pam?'

'Hidia befo pam. Jest dal o'n fanna. Mi glyma i ddwy jersi yn 'i gilydd, gerfydd 'u llewys. Wedyn glyma i un llawas yn sownd yng ngholer y ci ffansi 'ma. Iawn, Ger? Tria hudo'r ci atat ti. Cym on! Brysiwch!'

Trwy'r amsar roedd Geraint druan yn stryffaglio yn trio codi 'i draed yn rhydd ond mwya roedd o'n dynnu, mwya roedd y gors yn sugno.

'Dos, Per, dos at Geraint,' hysiais i, ond sefyll fatha lembo roedd Pero ac yn trio ysgwyd y jersi oddi ar 'i goler. Lwcus 'i fod o'n un dof, roeddan ni'n gallu gneud unrhyw beth iddo fo.

'Per! Tyd yma, Pero bach, tyd, tyd. A, ci da,' ffalsiai a chrefai Geraint. Ond fe wyddai'r ci 'i fod o mewn lle peryg, ma'n rhaid. Oedd o'n cychwyn, yn llusgo'r jersis y tu ôl iddo ac o dan 'i draed. Wedyn sefyll yn stond a gneud sŵn bach yn 'i wddw a sbio arna i, fel tasa fo'n gofyn be i neud.

'Wel gna rwbath, y llipryn,' harthiodd Cef.

Do'n i ddim yn lecio hynny, ond wnes i ddim deud dim. Tomos ddaeth i'r adwy.

'Ger,' gwaeddodd. 'Be sgin ti'n dy bocedi? Sgin ti fferins?'

Chwiliodd Ger a thynnodd rowlyn o rwbath digon budr o un boced.

'Polo mint! Ydi Pero'n lecio polo?' gofynnodd Tomos i mi.

'Ydi, yn sgut, cynnig nhw iddo fo, Ger.'

Cwmanodd Geraint a phlicio'r papur rhacsiog. Rhoddodd un yn ei geg a'i lyfu nes oedd Pero'n gallu codi'r ogla.

'Gwaedda arno fo,' galwodd Tomos.

'Per. Da 'ngwas i! Hwda, boi!' Crefu oedd Geraint, a finna'n erfyn, gweddïo bron, ar i'r ci neud y peth iawn. Fel tasa fo wedi dallt, dyma Pero'n plycio ar y jersis a'i heglu hi trwy'r gwlybaniaeth at Ger, yn ysgwyd ei gynffon fel gwyntyll.

'Dalia fo, Ger.'

Doedd dim angen deud mwy. Ddaru Geraint gythru yn y ci ac yn y jersis. Dyma ni wedyn yn gweiddi fel tri o'u coua. Hudo a denu'r ci yn ôl. Roedd Pero fel tasa fo wedi dallt yn iawn a dyma fo'n cychwyn. Plwc, a Geraint yn cael hannar 'i lusgo ar draws y migwyn. Ond roedd o'n gweiddi a phrotestio.

19

'Hei! 'Yn *wellingtons* i!'

Be oedd wedi digwydd oedd 'i fod o wedi tynnu'i draed yn glir o'r welis a dyna lle'r oedd o'n cael 'i lusgo ar ôl y ci a'r ddwy legan yn dal i sefyll yn y donnan. Ddaru ni ruthro at Pero a gafal yn y jersis a thynnu—ac wrth i ni a'r ci dynnu nerth ein hesgyrn gyson ni Ger, ar 'i fol, allan o'r donnan. Roedd o'n crio. A Tomos. Ddaru fi 'lychu 'nhrywsus. Jest mymryn, ond doedd dim ots, nag oedd, a Ger yn saff.

'Blydi hel, go dda!' Clochdar oedd Cefyn.

'Be am y welis?'

'Anghofia nhw. Mi wnawn ni dy gario di i tŷ ni.'

Roedd mynd i tŷ Cef yn gallach, achos mi fasa'n rhaid mynd reit ar draws y pentra at tŷ ni, neu dŷ Tomos. A chael row! Row fydda hi beth bynnag! Dwy jersi wedi difetha; ci budur ofnadwy! A welis Ger yn y gors! Ddaru ni baratoi stori wrth fynd o'na, ond doedd dim pwynt.

'Well i ni gyfadda, siŵr Dduw,' medda Ger druan.

''Esu, fuon ni'n lwcus,' oedd yr unig beth ddeudodd Tomos am hir.

Do'n i rioed wedi clwad Tomos yn rhegi o'r blaen.

Fuo brawd Cef i lawr wedyn yn edrach wela fo'r welis, ond roeddan nhw wedi diflannu. Amsar hynny ddaru ni ddychryn! Y gors wedi'u llyncu nhw. Ro'n i'n teimlo fy hun yn mygu wrth feddwl am y peth. Un peth da oedd fod pawb yn cytuno fod Pero yn goblyn o gi da, call.

5.

Roedd be ddigwyddodd yn y bora wedi berwi drosodd i'r pnawn, yn doedd. Pan gyrhaeddodd Tomos a fi at ymyl tŷ ni, wedi gadal Geraint yn y tŷ efo Cefyn, yn trio gorffan sychu, dyna lle roedd Mam a mam Tomos yn y lôn a golwg bryderus arnyn nhw.

'O nefi,' medda fi.

Ddeudodd Tomos ddim gair, dim ond 'nadlu'n ddyfn a brysio yn ei flaen.

'A dyma chi! Cnafon bach drwg. Lle buoch chi, 'dwch?'

'Rhag cwilydd i ti, Huw, a finna wedi dy siarsio di i beidio bod yn hwyr—ac i beidio baeddu!'

A gafaelodd Mam yn fy sgrepan i a 'ngwthio fi o'i blaen i gyfeiriad y tŷ.

Glywn i Tomos yn trio egluro ond bod 'i fam o'n peri iddo gau'i geg a mynd yn syth i'r *utility* i dynnu amdano. Oedd o'n mynd i gael chwip din? Go brin. Rhy fudur oedd o i fynd i unman arall.

Mi fydda hos-peip arnon ni'n syniad da. Ac roedd Pero druan yn un sglyfath o wlyb a budur, ac ogla cors yn gymysg ag ogla ci arno fo.

'Mam Tomos yn gweld bai arna i, dwi'n siŵr,' cwynodd Mam.

'Nag oedd siŵr. Fyddwch chi a hi yn dallt pan glywch chi'r hanas.'

'Wn i ddim wir. 'Nôl yr olwg arnat ti a'r ci 'ma roedd hi'n dipyn o ddrama. Be ddeudith Nain? Wn i ddim wir! A hitha wedi'n disgwyl ni'n gynnar hefyd.'

'Rydan ni dal yn mynd, tydan?' gofynnais yn bryderus.

'Gawn ni weld,' oedd yr atab swta cyn iddi roi sgwd i mi i'r gegin gefn a chlep ar y drws yn nannedd Pero.

'O . . .' ro'n i'n mynd i brotestio.

'Dim ffiars o beryg! Ddaw 'run o'i hen draed budron o i'r tŷ 'ma nes bydda i wedi ca'l trefn arnat ti.'

Digwydd codi 'mhen ddaru mi a gweld 'i bod hi'n bum munud ar hugain i dri. Esgob! Roedd fy stumog i wedi dechra gweiddi hefyd. Glywodd Mam, ond ches i ddim tosturi.

'Eitha gwaith i ti lwgu!' medda hi, a dechra haffio'r dillad budron oddi amdana i. Dyna lle ro'n i'n sefyll yn fy nhrôns bach ac yn teimlo'n rhynllyd pan fynnodd hi 'mod i'n deud yr hanas i gyd, o'r dechra. Sôn am gosb!

Ar y dechra roedd Mam yn torri ar 'nhraws i ac yn ebychu ond fel yr awn i'n fy mlaen mi gwelwn i hi'n llonyddu ac yn rhythu. Roedd hi wedi mynd yn welw.

'Nefoedd yr adar! A finna'n fan hyn yn gwbod dim byd! A fasa ni ddim yn gwbod ble yn y byd i ddechra chwilio amdanoch chi. Syniad pwy oedd o, Huw, deuda wrtha i.'

Ges i bwniad wrth iddi daflu lliain bàth am fy mhen i.

'Hwda, lapia dy hun yn hwnna! A lle ma' Geraint rŵan ta? Wel? Mi ffonia i 'i fam o!'

'Ddaru mi i adal o efo Cefyn.'

'Be—? 'I *adal* o?'

'Naci! Roeddan ni i gyd yn tŷ Cef, yn trio llnau'n hunan a ballu, a ddaru Geraint ddeud basa well i fi a Tomos ddŵad adra, rhag i chi boeni. Roedd o am ffonio o'r ciosg i ofyn i'w dad o ddŵad i'w nôl o.'

'A lle roedd mam Cefyn?'

'Be wn i? Allan.'

'O diar. Yli. Tydw i ddim isio i ti fynd o gwmpas efo'r Cefyn yna. Ddaw 'na ddim daioni o fod yn ffrindia efo hogyn fel'na . . .'

'Be? Coman?'

Cyn i mi gau 'ngheg i orffen deud, mi ges hergwd.

'Taw, Huw. Dos o 'ngolwg i. Dos i'r bàth, a phan ddoi di i lawr mi gei damad o frechdan. Chei di ddim cinio amsar yma'n pnawn. A meddylia di, yn y bàth 'na, be allai fod wedi digwydd i chi. Awn ni i dŷ nain wedyn.'

'O.K.'

Ew, ro'n i'n falch o gael mynd o'i golwg hi. Ro'n i'n teimlo bod 'i llgada hi'n turio i mewn i mi. Dim ond hannar be oedd hi'n ddeud o'n i'n glwad. Diolch am hynny, ella.

Doedd arna i ddim ofn Mam, achos roedd hi'n ddynas ffeind—ond ew, roedd gas gin i 'i gwylltio hi. Roedd o'n waeth wrth na dim ond hi a fi oedd 'na.

A Pero! Cradur bach. Allwn i 'i ddychmygu o allan ar cowt yn trio llnau'i flew. Siŵr bod 'i fol bach o'n wag hefyd.

Rhyfadd fel ma' llwgdod yn 'ych meddiannu chi i gyd. Pob dim arall yn mynd yn llai ac yn llai pwysig. Fydda i'n dychmygu 'mod i'n garcharor, ar fara dŵr, ac yn dyheu am fwyd, a'r llwgdod yn tyfu a thyfu, nes yn y diwadd fydda i'n credu 'i fod o go iawn.

Fydda i wedi blino gormod i fwynhau tŷ Nain. Fel ro'n i'n rhwbio fy hun yn sych, a'n llgada i bron, bron â chau isio cysgu rŵan, ar ôl pob dim, a'r dŵr cynnas, dyma'r drws yn agor a Mam yn dŵad i mewn, efo Pero yn ei haffla, a barclod mawr o'i blaen.

'Gan dy fod ti a fo'n gymint o fêts, geith o folchi yn dy ddŵr bàth di,' medda hi, a'i osod o, reit ofalus, yn y dŵr, at 'i ên, a dechra 'i rwbio fo. Protestio fydda fo, wn i, felly es i lawr reit dinfain, a gwisgo amdanaf wrth fynd, fesul dilledyn.

Roedd 'na frechdan gaws a photiad o iogyrt ar y bwrdd, a dau funud fûm i'n sglaffio'r cwbwl.

Fuo Mam ddim yn hir efo Pero ond roedd rhaid 'i gau o'n y cwt i sychu. Gas gin Pero gael 'i gau yn y cwt. Ddaru o ddechra gneud sŵn crio yn 'i wddw. Chafodd o ddim tosturi er i mi drio pwysleisio faint o arwr fuo fo. Pero ddaru achub Geraint.

'Ydi cŵn yn ca'l gwobra am neud petha dewr?' mentrais ofyn, ar y ffordd i dŷ Nain, ond ddaru Mam ddim ond troi ac edrych arna i gystal â deud 'hôples cês'.

Mam ddaru ddeud yr hanas wrth Nain gynta, ond amsar te ddaru Nain droi ata i a deud,

'Rwan 'ta, Huw, tyd i mi glywad dy fersiwn di.'

Roedd hi'n haws deud wrth Nain, er bod Mam yno. Ar ôl i Nain orffan gwaredu ac wfftio a gneud sŵn mawr, ddaru hi afal yn dynn amdana i.

''Ngwas gwyn i. Paid ti â mynd i beryg fel 'na eto. Fydda'n ddigon amdana i a dy fam.'

'A Dad,' ychwanegais i, er mwyn deud rhwbath rhag i mi grio.

'A hwnnw hefyd, siŵr iawn.'

I droi'r stori, dyma fi'n dechra brolio Pero wrth Nain.

'Ew, tasach chi di'i weld o! Wydda fo, syth, be oedd o 'i fod i neud. Ci dewr 'di Pero, Nain. Deud y gwir, dwi'n meddwl 'i fod o'n sbesial iawn, 'chi. Yn naw math o gi.'

'Be nesa!' ebychodd Mam.

'Sut felly?' holodd Nain gan roi cyfle i mi egluro.

'Wel, tydi Pero ddim yn gi o frid, nagdi Nain. Corgast oedd 'i nain o, a sbangi oedd 'i daid o. Ar ochr 'i fam o oedd hynny. Dad ddaru ddeud . . .'

'Mae o siŵr o fod yn gwbod.'

'Jac, ci siop oedd 'i dad o, a *hannar* daeargi oedd hwnnw . . .'

'Be oedd yr hannar arall ta?' gwamalodd Nain.

'Wn 'im, ond roedd 'na natur cyrliog, tebyg i bwdl, ynddo fo.'

'Faint o gŵn ydi hynna?'

'O Nain! Saith 'de, yn cyfri fo'i hun.'

'Be 'di'r ddau arall 'ta, Huw?'

Mam tro yma, yn trio gneud ffŵl ohona i. Doedd hi byth wedi rhoi gora i 'nghosbi fi am bora. Sythais inna a cheisio swnio'n wybodus, 'di tyfu i fyny felly.

'Dim byd i neud efo'i frid o. Fwy i neud efo'i natur o. Sut gi ydi o tu mewn iddo fo'i hun.'

'Huw bach, ti'n mwydro.'

'Nacdw. Na, tydw i ddim. Ma' gin bawb a phob dim natur. Dach chi'ch hun yn deud hynny. A natur Pero ydi bod yn gi ffeind, dewr. Edrych ar 'ych ôl chi a fi. Achub pobol. Dyna be 'di Pero.'

Rêl babi o'n i 'fyd. Wedi gwylltio nes oedd sŵn crio mawr yn fy llais i.

Nain ddaeth i'r adwy eto.

'Wel, dwi'n meddwl bod gin ti syniad neis iawn. Chwara teg i'r hen gi bach, yntê Huw.'

'A'm gwarad i!' ebychodd Mam.

Cododd Nain oddi wrth y bwrdd a gneud i mi ei dilyn hi i'r parlwr. Roedd 'na focs mawr ar ganol y llawr.

'Rwyt ti'n ddigon mawr rŵan, Huw, i mi roi rhai o hen betha dy dad i ti. Chei di ddim mynd â phob peth, well i ti 'u ca'l nhw fesul un, lle bod chdi'n blino ar ormodadd, 'te. Y Mecano dwi am i ti gael gynta.'

'Mecano? Be 'di hwnnw, Nain?'

'Wel, mi fedri neud petha allan ohono fo, petha da, petha fel basa peiriannydd yn 'u cynllunio.'

'Ew!'

'Ia, darllan ddaru mi bod y Mecano'n dechra dŵad yn 'i ôl. Well i ti o lawar na hen gyfrifiaduron . . .'

'O na . . .' Do'n i ddim yn cytuno efo hynny.

'Ac yn bendant yn saffach na mynd i drybini ar hyd y wlad. Pwy 'di dy ffrindia di? Ydyn nhw'n hogia iawn?'

'Ewadd, ydyn.'

Mi'r oeddan nhw hefyd, ond i Mam beidio cychwyn ar Cefyn.

'Wel, dyna chdi 'ta. Cer di â'r Mecano heno ac mi gei di 'i ddangos o i dy ffrindia. Pwy ydi dy ffrind *gora* di?'

Fuo bron mi ddweud 'wn 'im', ond dyma fi'n mentro deud 'Tomos', achos faswn i *yn* lecio bod yn ffrind penna efo Tomos. Ro'n i'n lecio Geraint hefyd, yn arw. A Cefyn. Ond roedd 'na broblem efo Cefyn, toedd.

Oedd Mam a mam Tomos yn mynd i Ferched y Wawr efo'i gilydd ac roedd petha'n haws os oedd Mam yn lecio'n ffrind i hefyd.

Siŵr basa Nain yn deall yn iawn, ond ddaru mi ddim boddran deud dim.

'Ti'n ddistaw iawn. Gollis di dy dafod yn y gors 'na bora 'ma?' pryfociodd Nain.

Chwerthin ddaru mi, a mynd â'r bocs Mecano drwodd i ddangos i Mam.

'Sbiwch be dwi 'di gael gin Nain! Mecano Dad!'

Cododd Mam ac roedd golwg bell, ryfadd arni hi. Roedd hi'n well i mi beidio deud dim. Ddaru Nain ddangos i mi cyn i ni fynd adra sut oedd y darna'n ffitio yn 'i gilydd. Da oedd o, hefyd!

6.

Pam na cha i aros yn fy ngwely?

Cwestiwn gwirion.

Fasa Mam byth bythoedd yn fy ngadal i ar 'mhen fy hun, a chan 'i bod hi'n mynd o'r tŷ, ma'n rhaid i minna fynd hefyd. Ma' hyn yn drefn reolaidd yn tŷ ni rŵan ers tro, wn i ddim ers faint. Mam yn helpu yn y Ship, efo'r cinio Sul.

Ddaru hi fynd i helpu wrth gefn i ddechra, gweini wrth y byrdda a finna'n mynd efo hi a chael ista efo'r teledu tra bydda hi wrthi. Wedyn ddaru nhw ofyn iddi ddŵad i'r gegin i baratoi'r bwyd; wedi dallt mai gneud bwyd oedd maes Mam cyn iddi briodi a 'nghael i. Wydda Mam ddim be i neud. Roedd cael y cynnig wedi'i phlesio hi, mi allwn i weld hynny, ond doedd hi ddim yn gwbod sut i neud efo fi. Ma'n rhaid 'i bod hi wedi sôn wrth fam Tomos, achos peth nesa roedd Tomos yn deud 'mod i'n mynd i'r ysgol Sul efo fo. Do'n i ddim yn awyddus iawn. Ofn. Wyddwn i ddim be oedd pobol yn neud yn 'r ysgol Sul. Fydd Nain yn mynd i Capal, ond fydd Mam ddim yn mynd, ar wahân i Dolig a Diolchgarwch. Dwi'n lecio capal adag hynny, ac roedd Mam yn deud mai dim ond awr fydda fo i gyd. Awr yn fyr i bobol, ond ewadd fedar awr fod yn hir. Ro'dd gin i gwilydd holi gormod ar Tomos, ond ddaru o egluro'n dda, chwara teg. Ac mae o'n iawn. Mae mynd i'r ysgol Sul yn iawn. Fydd Mam yn mynd i'r Ship pan fydda i'n mynd i dŷ Tomos ac wedyn fydd tad Tomos yn dŵad efo ni. Mynd yn y car os bydd hi'n bwrw a cherddad os bydd hi'n sych. Fydd pawb yn y capal i ddechra ac wedyn fydd y plant i gyd yn mynd trwadd efo'r athrawesau ac yn rhannu'n grwpiau, debyg i'r ysgol. Dosbarth bach, dosbarth top a dosbarth canol. Ma' Tomos a finna yn y dosbarth canol, efo Miss Gweneira Jones yn dysgu ni. Ro'n i'n 'i nabod hi o bell o'r blaen. Dynas dena, daclus, daclus, daclus efo tlysa aur yn 'i chlustia a blew bach, bach o dan 'i thrwyn. Ond tydi hi ddim yn sych wedi i chi ddŵad i'w nabod hi. Ddim 'run fath ag Elis Garej. Fo sy'n ysgwyd llaw efo pawb yn y lobi ac yn ista yn gongl y sêt fawr. Ro'n i'n meddwl 'i fod o'n ddyn clên, ac mae o, yn y garej. Mae o rêl bwbach yn y capal.

Trio bod yn urddasol mae o'n fanno. Tad Tomos ddaru ddeud hynna. Mae tad Tomos yn deud petha difyr, yn egluro pob math o betha, a deud jôcs. Braf ar Tomos efo'i dad o adra trwy'r adag. Fydd Catrin, chwaer bach Tomos, yn dŵad i'r ysgol Sul efo ni, ac mae hi'n gomic. Pedair oed ydi hi a tydi hi byth yn cau'i cheg, ddim hyd yn oed yn 'r ysgol Sul na nunlla. Mae hi'n siarad efo fi 'run fath yn union ag efo Tomos. Rydw i'n lecio hynny, rŵan. Ar y dechra do'n i ddim yn siŵr iawn be i neud na'i ddeud. Fydda i ddim yn lecio bod efo plant bach. Well gen i rai 'run oed â finna neu'n hŷn. Achos 'mod i'n unig blentyn a heb arfar, medda Nain.

Ys gwn i fasa gen i frawd ne' chwaer tasa Dad adra fwy? Tydi hi ddim rhy hwyr eto. Ddaru 'na ddynas yn top pentra gael babi wythnos o'r blaen ac ma' hi tua hannar ffordd ran oed rhwng Mam a Nain. Ond roedd ganddi hi bedwar o'r blaen. Tada gwahanol iddyn nhw i gyd, medda Ger a Cefyn.

Be tasa Mam yn ffansïo ca'l babi ac yn mynd i chwilio am dad gwahanol, un fydda ddim yn gweithio ar rig?

Well i mi beidio meddwl am betha fel'na. Codi ofn arna i fy hun. Eto, mae petha fel'na *yn* digwydd. Ond ddim i fi, siŵr.

28

Rhaid i mi 'molchi'n lân a gwisgo'n dwt i fynd i'r ysgol Sul, 'run fath â'r ysgol bob dydd. 'Sdim rhaid gwisgo dillad gora na dim byd felly. A chewch chi ddim rhegi. Ond tydw i ddim isio. Na Tomos.

Ar ôl 'r ysgol Sul mi fydda i'n mynd i dŷ Tomos weithia ond gan amla fydda i'n mynd at Mam i gegin y Ship. Mi fydda i'n licio gweld y prysurdeb. Bydd Mam yn paratoi pob dim a chael trefn ar y coginio fel bod Jim, o dre, yn gallu cymryd drosodd am hannar dydd. Wedyn mi fydd Mam a fi yn cael cinio efo'n gilydd, yn y gornal dan ffenast yn y gegin. Cinio da ydi o. Ond fasa well gin i gael cinio adra. Cinio Mam ydi'r ddau mewn ffordd, achos hi sy wedi'i neud o, y rhan fwya ohono fo.

Mi ŵyr Mam yn iawn na tydw i ddim yn lecio hongian o gwmpas, a dyna pam mae Jim, o dre, yn dŵad erbyn hannar dydd. Mae pobol y Ship yn dallt yn iawn. Mae 'na hogan fach yn y Ship hefyd. Carli. Tua saith oed ydi hi dwi'n meddwl. Mae hi yn 'r ysgol ni ond fydda i byth yn 'i gweld hi yn 'r ysgol achos mae hi'n chwara efo'r plant Saesneg. Cymraeg fydd hi'n siarad yn y Ship, heblaw efo'i rhieni. Pawb yn y gegin a'r genod gweini yn siarad Cymraeg, a Jim, o dre.

Mae Mrs Ship, be 'di'i henw hi, hefyd? Ta waeth, ma' hi rhwbath yn debyg i mam Cefyn, efo lot o wallt melyn a gwinadd mawr, mawr cochion. Tydi Mam ddim yn lecio'i gweld hi ar gyfyl y gegin achos 'i bod hi'n smocio. Wn i ddim be ma' hi'n neud trw'r dydd. Bob dydd Sul fydd hi'n ista ar stôl yn y bar ac yn edrach yn ddel a sgwrsio efo'r cwsmeriaid. Fo, Mr Ship, fydd tu ôl i'r bar.

Tydw i ddim yn cael mynd ar gyfyl y bar. Wel, ddim i fod, ond fasa rhaid i mi fod yn ddall i beidio gweld, basa.

'Sticia di i'r gegin a phaid â mynd o dan draed,' fydd Mam yn ddeud.

Ddaru mi 'anghofio' un dydd Sul. Mynd o lech i lwyn ar hyd y pasej a rhoi 'nhrwyn yn y stafall binc a gwyrdd efo 'Lounge—Guests Only' ar y drws. Am le digroeso! Ma' hi'n stafall braf efo cadeiria a soffas cyfforddus neis, rhai efo patrwm blodeuog mewn pinc a gwyrdd a rhai plaen, gwyrdd gola, a chyrtans mawr hir, trwm yn yr un defnydd. Teledu mawr yn un gornal, a byrdda bach yma ac acw. Dros ffordd ma'r stafall fwyta. Fuo ni yno un tro pan oedd Dad adra, a Nain efo ni, achos roedd hi'n cael ei phen blwydd. Roedd o'n reit rhyfadd, bod yn y Ship yn derbyn tendans.

I fyny'r grisia mawr ma' 'na stafelloedd gwely, lle chwech mawr crand a grisia bach yn mynd tua'r cefn uwchben y gegin a'r stordy. Fanno ma' nhw'n byw. Tŷ Carli. Rhyfadd. Welis i Jim, o dre, yn dŵad i lawr y grisia bach un tro. Roedd Mr Ship a hitha i lawr yn y bar. Wn i ddim be oedd o 'di bod yn neud. Ddaru mi smalio 'mod i ddim 'di'i weld o. Roedd o'n edrach yn debyg i Pero tro hwnnw ddaru o neud dŵr dan bwr' bach yn parlwr. Euog.

'Mai i oedd o. Wedi'i gadw fo'n y tŷ yn rhy hir. Tydi Pero ddim yn hen gi budur.

7.

Ddaru mi ofyn i Mam gawn i ffonio Geraint i weld a oedd hi'n iawn i mi fynd i fyny yno. Lle iawn i anghofio petha ydi ffarm tad Geraint.

'Iawn. Cei siŵr. Tyd di pan fynni di,' medda mam Geraint. Hi ddaru atab y ffôn achos roedd Geraint allan yn rhwla yn helpu'i dad.

Fedrwn i ddim byw yn fy nghroen isio mynd. Mynd i rwla o dan drwyn Mam, neu beryg baswn i'n deud. Deud be ddigwyddodd heddiw.

Ro'n i'n gwbod pan ddois i o'r ysgol Sul nad oedd petha ddim yn tycio. Alla i ddeud ar drwyn Mam pan fydd petha'n mynd o chwith. Jim, o dre, oedd wedi ffonio i ddeud basa hi'n nes at un o'r gloch arno fo'n gallu cyrraedd heddiw. Wedi'i dal hi neithiwr. Wir yr. Ddaru Mam ddeud hynna! Fydd hi byth yn siarad yn frac, ond mi ddeudodd!

Dda gynni hi mo Jim. Alla i ddeud hynny hefyd. Pam, tybad? Ddim jest achos 'i fod o'n meddwi. Wn i hynny rŵan.

Achos 'i fod o'n hwyr roedd rhaid i mi hongian o gwmpas. Loetran a chicio'n sodla. Alla hi ddim ffonio i ofyn gawn i bicio i dŷ Tomos, achos roeddan nhw'n mynd i Abergele i weld modryb Tomos oedd wedi cael babi newydd, ac yn cychwyn yn syth ar ôl 'r ysgol Sul a chael cinio picnic ar y ffordd yn rhywle.

Pan ddaru Mr Ship sylweddoli 'mod i wedi laru ddaru o ofyn, '*Why don't you go up and play with Carly?*' Roedd o'n well na dim, doedd, felly mi es i fyny efo fo. Dyna lle roedd Carli yn ista o flaen y teledu yn yfed Lilt a byta creision. Roedd y stafall yn boeth ac yn fychan a ddim yn grand fel lawr grisia o gwbwl. Wir, ma' tŷ ni yn grandiach. Am siom oedd gweld lle roeddan nhw 'u hunan yn byw!

'Haia,' medda Carli a gneud lle i mi ar y soffa. Wedi iddo fo fynd i lawr ddaru hi ddechra parablu, a rhannu'r

31

creision Salt a Finigar efo fi. Wedyn ddaru fi ddychryn. Dyna pam ma' arna i isio mynd i lle Geraint. Bob dim yn braf, naturiol yn fanno, er y mwd a'r oerfal. Fedra i feddwl yn gliriach ar ôl bod allan efo Geraint yng nghanol yr anifeiliaid. Syml ydi anifail. Bwyd. Diod. Lle glân, sych i gysgu, a dyna fo. 'Run fath â Pero, deud y gwir, ond bod hwnnw isio cwmpeini bob munud. 'Esu, well gin i gŵn o lawar na phobol.

I ddechra, ddaru Carli ddangos 'i nicars i mi. Do'n i ddim yn gwbod be i neud. Na deud. Wedyn dyma hi'n gofyn i mi faswn i'n dangos 'mhidlan i iddi hi. 'Esu! O'n i'n chwys doman, ond fedrwn i ddim symud o'r fan. Ro'n i fel tasa 'nhin i wedi gliwio i'r gadar. Ddaru hi afal yn fy llaw i wedyn a dyma hi'n trio 'nghael i i stwffio mysadd i rhwng 'i choesa hi. Ddaru mi ysgwyd fy llaw yn rhydd a neidio i'r gadar arall.

'Be uffar ti'n drio neud?' medda fi, wedi dychryn yn ofnadwy.

Roedd 'i choesa hi'n boeth, boeth. Alla i ddim ca'l gwarad ar y teimlad.

Ac ma' be ddigwyddodd wedyn yn mynd rownd a rownd yn fy mhen i o hyd. Dwi jest â drysu, wir yr.

'Ti'n stiwpid,' medda Carli.

'Nag dw i.'

'Wyt, mi rwyt ti. Jim yn gadal i mi weld 'i bidlan o!'

'Arglwydd mawr!'

'A ma' fo'n gneud petha neis i fi. A 'dan ni'n sbio ar fideos.'

'Hy!'

Fedrwn i ddim meddwl am ddim arall i ddeud. Fydda i'n deud 'Hy' fel'na pan fydda i'n methu ca'l geiria allan.

'Ti isio gweld fideo?'

'Ia. O.K.'

'Esu, fasa rhwbath yn well na bod efo honna yn yr hen stafall fach hyll, boeth 'na.

Wn i ddim be o'n i wedi disgwyl 'i weld, ond rhwbath tebyg i stori am wn i.

Dyma Carli'n rhoi'r tâp yn y peiriant ac yn syth bìn ro'n i'n gwbod nad oedd o ddim yn beth o'n i, na hitha, i fod i'w weld. Fasa Mam 'di ca'l strôc!

Dyna lle roedd y dyn 'ma wedi clymu'r hogan yn sownd wrth y gwely mawr 'ma, ac roedd o'n mynd ar 'i chefn hi. Roedd o'n tuchan dros y lle. 'Esu, do'n i ddim isio sbio ond allwn i ddim peidio 'u clwad nhw, na allwn? Ddaru mi drio perswadio Carli i droi o i ffwr' a deud nad oedd o ddim yn digwydd fel 'na go iawn, oedd o.

'*Of course, you silly,*' medda hi.

Deud ddaru hi wedyn tasa fo ddim yn go iawn, fasa nhw ddim yn 'i ddangos o.

Tydw i ddim isio credu hynny. Roedd y dyn fel tasa gas ganddo fo'r ddynas.

Ffordd roedd Mam a Nain wedi trio egluro petha i fi, doedd dyn a dynas ddim yn mynd efo'i gilydd fel'na os nad oeddan nhw'n caru ac yn trystio'u gilydd. Roedd hwnna'n fudur. Ac yn greulon.

Roedd gin i ofn i Mam ddŵad i mewn a gweld, ond fasa dda gin i tasa hi wedi dŵad hefyd. Sŵn traed 'i thad ddaru Carli glwad a fasa werth i chi weld sydyn ddaru hi neidio at y fideo. Ma' honna'n gwbod gormod o lawar.

A' i ddim byth, byth i'r Ship eto ar ôl 'r ysgol Sul.

8.

Ma' ffarm tad Geraint i fyny ochr ucha i'r pentra ac o'r tŷ ma' nhw'n gweld i bob man am filltiroedd; gweld mynyddoedd draw i'r dde dros 'r eglwys a'r coed, gweld môr a gweld castall, gweld ffyrdd a cheir yn gwibio, a thrên bach 'run fath â bws yn mynd ar hyd y gwaelodion, yn cario neb i nunlla ran amla. Cychod efo hwylia gwynion yn bobian ar y môr yn yr ha. Ew, lle braf. Ella mai lle fel yna ma' Dad yn breuddwydio am 'i gael pan geith o'i ffarm. Lle i syllu a breuddwydio, i weld mynd a dŵad pobol, heb symud i unman. Fydd 'na deimlad braf yn mynd trwydda i i gyd wrth gyrraedd tŷ Geraint.

Fydd 'na groeso bob amsar, croeso ffwrdd-â-hi fel fasa Nain yn ddeud.

'Tyd i mewn. Tyd at y bwr'. Hidia befo dy sgidia.'

Braf!

Ac felly roedd hi heddiw. Mam Ger wedi bod yn gneud jam gwsberins, a dyna lle roedd y poteidia pinc yn un rhes yn y gegin yn disgwyl 'u labelu.

'Gei di fynd ag un i dy fam.'

'Ew, diolch.'

''Di blino ar dy gwmpeini di dy hun oeddat ti, 'ngwas i?'

'Ia braidd.'

'Tyd ti yma unrhyw adag.'

Yn lle mynd i'r Ship? Dyna fasa'n braf.

Dwi isio anghofio am y Ship, ond mae o'n cau mynd i ffwr'. Mae o yn 'y mhen i. Fel 'na ma' pobol yn mynd o'u coua? Ddaru genod ddechra taeru yn 'r ysgol ryw ddiwrnod, am be ma' hyn 'dan ni'n 'i weld ar y bocs yn neud i ni. Roedd Llio'n deud 'i fod o'n cael effaith fawr arnon ni.

Os felly, dwi wedi ca'l fy nifetha, do. Chymera i mo 'nifetha! Mi wasga ac mi wasga i o i lawr, lawr i berfadd fy ngho i.

Fydda i'n 'i gweld hi'n braf ar y genod. Siarad. Taeru. Trafod. Am betha go iawn, pwysig, petha pobol. Fydd hogia ddim. Ddim 'run ffordd. Fydd Geraint weithia. Achos bod gynno fo frodyr a chwiorydd hŷn mae o'n medru cael sgwrs gall, henaidd, weithia.

'Ger,' medda fi. 'Ti 'di gweld fideo budur rioed?'

'Iesu drugaredd, naddo. Lle ti'n feddwl faswn i'n gweld peth felly?'

'Ia, 'ntê.'

'Pam ti'n holi? Ti 'di gweld un?'

'Do.'

'Y?'

'Do.'

'Nefar! Ger'off! Ti ddim!'

'Wir.'

Edrychodd o arna i ac ma'n rhaid 'i fod o wedi gweld golwg wahanol arna i, achos ddaru o roi gora i daeru.

'Ty'd, awn ni am dro i cae top, a gei di ddeud yr hanas.'

''Nei di ddim deud wrth neb?'

'Na 'na i.'

Dyma ni'n dechra cerddad dow-dow a finna'n deud yr hanas wrth Ger. Roedd gin i gwilydd ond roedd rhaid i mi ddeud wrth rywun, toedd.

Roedd Ger â'i geg yn gorad.

'Yffach gols! *Rather you than me*, Huw bach.'

'Ond pam, Ger? Roedd hi'n meddwl 'i fod o'n iawn, tan glwodd hi sŵn traed 'i thad.'

'Ti ddim 'di deud wrth dy fam?'

''Esu, naddo.'

'Well i chdi.'

'Paid â meiddio deud wrth neb.'

'Ia, wel, mae o'n achos polîs, dwi'n meddwl beth bynnag.'

'Y? Sut 'lly?'

'Ti'n gwbod dim byd, nac wyt?'

'Nagdw, ddim petha fel'na beth bynnag.'

'Wel, 'na i ofyn i Tomi, 'mrawd; fydd o'n gwbod.'

'Ond 'nei di ddim deud?'

'Na, 'na'i ddim prepian. Holi ar ddiarth—ond taw rŵan, ma' Dad yn dŵad.'

'Sma'i, Huw?'

'Iawn, diolch.'

Am gelwydd!

Roedd deud wrth Ger wedi helpu, ond ro'n i'n methu peidio meddwl am Carli. Roedd hi'n llai na mi. Os oedd hi'n deud y gwir am Jim o dre, roedd y peth yn ofnadwy. O ddifri, ddylwn i ddeud wrth 'i thad hi. Ond prepian fydda hynny. Bod yn hen geg, eto!

Fydda rhaid i mi jest trio peidio meddwl, bydda. Sym hôp!

Roedd hi'n braf cael mynd i weld y llo bach yn cael llith a gweld tad Ger yn paratoi at odro. Gobeithio fyddwn i wedi blino digon i gysgu'n syth, achos yn fy ngwely fyddwn i'n arfer meddwl am betha. O, ych, pam na faswn i wedi mynnu aros yn fy ngwely yn y bora?

Os dwi'n ddigon mawr i wbod be wn i rŵan, rydw i'n siŵr 'mod i'n ddigon mawr i aros adra efo Pero ar fora Sul hefyd. Mi fydd rhaid i mi Sul nesa, yn bydd?

9.

Tad Ger aeth â fi adra.

''Rhen foi bach 'di blino, ddistawach nag arfar hyd yn oed!' medda fo wrth Mam.

'Gobeithio 'di o ddim yn hel at rhwbath,' medda hitha.

Teimlad ofnadwy 'di gwbod rhwbath ac ofn i bobol wbod be 'dach chi'n wbod. Ro'n i, wir yr, yn meddwl y basan nhw'n medru darllan fy ngwep i. Diolch byth, roedd tad Ger ar dipyn o frys a chymodd o mo'r banad ddaru Mam gynnig.

'Ti 'di byta?'

'Do siŵr, llond 'y mol.'

'Cwestiwn gwirion a chditha wedi bod efo Geraint, yntê. Fydd y jam gwsberins yn neis iawn, yn bydd. Ddaru ti ddiolch i'w fam o?'

'Do siŵr.'

Be o'dd hi'n feddwl o'n i—babi clwt, oedd angen deud pob peth wrtho fo? Hy! Tasa hi ond yn gwbod!

'Well i ti gael bàth braf, cynnas 'ta, 'n tydi. Mi ddo i i fyny i olchi dy ben di, wedyn gei di lonydd.'

'Geith Per ddŵad?'

'I ble?'

'I'r bathrwm.'

'I be, deuda? Beryg iddo fo feddwl 'i fod o'n mynd i gael bàth eto, a phwdu!'

Ddaru ni'n dau chwerthin. Ddaru Pero bwdu'n llwyr ar ôl iddo fo gael 'i gau yn cwt i sychu, diwrnod y gors.

Fuo Mam ddim dau funud yn golchi 'mhen i, a braf oedd 'i theimlo hi'n rhwbio 'mhen i'n galad, ond ddim yn egar. Allwn i fod wedi cysgu a 'mhen i lawr yn fanno, yn y washbesn. Roedd bàth yn rhedag tra oedd hi wrthi a'r lle'n llenwi efo angar cynnas.

Ro'n i'n falch pan aeth Mam i lawr a 'ngadal i swalpio yn y dŵr neis, ffrothlyd. Ro'n i wedi anghofio am bob dim.

Roedd dillad glân ar 'y ngwely fi 'fyd. O! braf! Ogla glân neis ac ro'n i'n teimlo fy hun yn llac, ddiog neis ac yn mynd i gysgu pan ddaru cloch y drws ganu. Dim byd yn od yn hynny ond ddaru mi glwad y lleisia cyfarwydd.

Mam a thad Geraint!

'Esu drugaredd! Hen snîc. Roedd o wedi prepian, a finna wedi crefu arno fo i beidio deud!

Trio clustfeinio ora medrwn i, a dyma fi'n clwad tad Geraint yn lobi yn deud, 'Ylwch, 'na i fynd i ista yn y car, i chi'r merchad gael siarad efo'ch gilydd, ond wir Dduw fydd rhaid i ni neud rhwbath, yn bydd. Allwn ni ddim gadal sglyfaethod fel'na ar hyd y lle 'ma i ddifetha'n plant ni!'

Oedd, roedd o'n gwbod.

Gwaeth fyth, roedd Mam yn gwbod rŵan. Ro'n i'n teimlo'n fudur—ac yn goman. Wna i byth ofyn i Mam be ma' hynna'n feddwl eto.

Ro'n i'n flin hefyd. Pam bod rhaid i mi deimlo'n ofnadwy? Ddaru fi ddim byd. Dim ond bod yna. Ac nid fi oedd wedi dewis bod yna! Do'n i ddim yn mynd i gael bai am rwbath o'dd ddim byd i neud efo fi.

Ond ro'n i'n gwbod!

'Esu bach, fasa dda gin i beidio gwbod. Allwch chi ddim dad-wbod rhwbath, na'llwch?

A do'n i ddim yn gwbod be fasa'n digwydd nesa rŵan. Roedd Ger yn meddwl 'i fod o'n fatar polîs. Do'n i ddim 'di bod yn agos iawn at blisman 'rioed, ond bob tro fyddwn i'n gweld un, fydda blew bach ar 'y mreichia i'n cosi. Yr iwnifform oedd o, dwi'n meddwl, a Nain.

Nain yn gefnogol iawn i'r polîs. Dim hannar digon ohonyn nhw i ddal hogia drwg, medda hi, a'u rhwystro nhw rhag mynd yn ddynion gwaeth. Do'n i ddim yn hogyn drwg. Ddaru fi ddim gofyn am weld nicar Carli na theimlo'i hen goesa meddal, poeth hi. Ond ddaru fi ddeud O.K. am y fideo 'n do.

Do'n i ddim yn mynd i fynd i gysgu rŵan, felly, fel roedd Mam yn cau'r drws ar fam Geraint, ar ôl iddyn nhw fod wrthi'n siarad yn ddistaw bach am hir iawn, dyma fi'n neidio o'r gwely a'i phlannu hi lawr grisia.

Sefyll wrth ffenast oedd Mam ac mi wyddwn i 'i bod hi'n crio cyn iddi hi droi rownd.

Ddaru ni afal yn dynn yn 'n gilydd, felly, am hir iawn nes oeddan ni'n dau 'di gorffan snwffian ac yn medru siarad.

'Pam na fasat ti 'di deud wrtha i, Huw bach, 'ngwas i?'

'Fedrwn i ddim.'

'Na fedrat, siŵr. Ond 'nei di drio rŵan? Deud wrtha i be ddeudis di wrth Geraint.'

'Ddaru o addo peidio deud! Cachwr!'

'Taw dy lol. Holi'i frawd ddaru'r hogyn bach, a hwnnw oedd yn ddigon call i ddeud wrth 'i fam a'i chael hi i fynd i satsial Geraint. Tyd, ista fan hyn efo fi, a deud be fedri di. Fyddi di na fi'n medru cysgu heno heb i ti ddeud.'

Roedd hynny'n wir, wyddwn i hynny.

Fesul tipyn bach gafodd Mam y stori am be ddigwyddodd yn lle Carli. Roedd hi'n holi lot am Jim, ond wyddwn i ddim byd, rili, ddim ond be oedd Carli 'di'i ddeud.

'Ac mae o'n edrach ar yr hen betha 'na efo hi?'

'Medda hi.'

''I syniad o ta 'i syniad hi?'

'Be wn i? Syniad hi oedd be ddigwyddodd bora. Wir yr. Oedd gas gin i, Mam, ond allwn i ddim rhedag lawr i'r gegin na 'llwn? Fasach chi'n flin taswn i 'di gneud hynny . . .'

'Wn i ddim, wir.'

Roeddan ni'n ddistaw wedyn a dyma Mam yn codi a mynd i neud diod Horlics i mi.

O! oedd 'na lwyth wedi mynd oddi ar fy meddwl i. Wn i ddim pam na faswn i 'di deud wrth Mam yn syth. Fasa hi 'di dallt, yn basa? Dwi'n gwbod hynny rŵan!

Wrth i mi yfad yr Horlics, dyma Mam yn deud basa'n rhaid iddi fynd i weld Sosial Wyrcyr fory. Wyddwn i ddim be oedd Sosial Wyrcyr yn neud, ond ro'n i'n falch na ddaru hi ddim sôn am y polîs.

A fydda neb yn 'r ysgol yn gwbod.

Es i i 'ngwely wedyn yn teimlo lot yn well. Gysgais i hefyd.

10.

Roedd hi'n bwrw eto. Pawb i mewn, a'r ysgol yn damp ac yn gynnas i gyd.

Roeddan ni'n ca'l mynd ar y cyfrifiaduron ac roedd parti canu a pharti dawnsio gwerin yn practeisio. Hen ddiwrnod annifyr oedd hi. Ro'n i'n debycach o weld Carli yn un peth. Ac ofn i Ger roi'i hen draed ynddi! Fasa Cefyn wedi gwneud sôp go iawn o'r peth, yn basa. Allwn i jest ddychmygu sut basa fo'n holi, ac yn adio at y stori 'fyd, debyg.

Fuodd 'na ryw ddynas yn gweld y prifathro, ond dwi ddim yn meddwl 'i bod hi'n gwbod dim. Ddaru neb ddeud dim. Ond ro'n i'n dal yn falch pan ddaeth amsar mynd adra 'run fath. Ddaru fi gael y syms i gyd yn rong yn y bora.

'Be sy, Huw? Dwyt ti ddim efo ni bora 'ma,' medda Miss Gwawr. Dyna be 'dan ni'n 'i galw hi, i ddeud y gwahaniaeth. Gynnon ni dair Miss Jones yn 'r ysgol. Miss Jones Hyll 'dan ni'n galw un. Ges i goblyn o row gin Mam, a Tomos 'fyd medda fo.

Chwerthin ddaru rhieni Geraint.

'Ydi hi cyn hyllad â'r hen fuwch hannar corn 'na, Ger?' gofynnodd 'i dad.

''Esu, ydi. Gynni hi rincyls fatha papur 'dach chi 'di ista arno fo, ond 'i hen dafod hi 'di'r gwaetha.'

'Isio i ti ffalsio 'chydig sy.'

'Hy! Sym hôp.'

Ond hi ddaeth i fy nôl i. Fel roeddan ni'n cychwyn mynd adra.

'Huw, ga i air bach sydyn efo ti cyn i ti fynd adra?'

Ddaru fi ddim meddwl dim byd. Hi fydd yn edrach ar ôl plant sy'n sâl a ballu, ond do'n i ddim yn sâl. Ella bod hi isio i mi fynd ar negas.

'Iawn, Miss Jones,' a dyma fi'n mynd efo hi i stafall fach drws nesa i le'r Prifathro.

'Ista.'

A dyma fi'n gneud. Ddaru hi ddim ista, nac estyn negas, dim ond cerddad 'nôl a blaen fatha Pero isio mynd allan.

Dim gair. Allwn i glwad 'r ysgol yn mynd yn ddistaw wrth i bawb 'i heglu hi, a char Miss Gwawr yn mynd trw'r giât a rhoi bîb ar rywun.

Dim ond sŵn traed Miss Jones Hyll, a 'nghalon i'n curo yn y mrest i. Wir yr. Allwn i glwad 'y nghalon i.

Toc dyma hi'n ista, a chymryd gwynt hir. Doedd hi ddim yn ca'l hyn yn hawdd chwaith.

Roedd o fatha rhwbath ar y teledu.

'Huw bach, paid â bod ofn. Isio dy holi di ydw i, ond ddim llawar. Sgin i ddim hawl 'sti.'

Sbio ddaru fi. Hitha'n sbio draw.

Doedd hi ddim yn ddel, o gwbwl. Fel tasa ots!

'Fyddi di'n mynd i'r Ysgol Sul?'

'Bydda.' Damia. Mae hi'n gwbod!

'Fuost ti ddoe?'

'Do.'

'A mynd i'r hotel wedyn at dy fam? Ma' hi'n helpu efo'r pryda, 'n tydi?'

'Ydi. Ia. Ddaru fi fynd at Mam. At Tomos fydda i'n mynd fwya, ond roedd Tomos yn mynd i weld y babi newydd ddoe.'

'Ia. Wela i. Fydd Carli yna ar ddydd Sul?'

'Bydd. Fydd hi efo'i mam a'i thad, am wn i. Ma' hi'n byw yna, tydi.'

'Ydi siŵr. Paid ti â chynhyrfu. Tydw i ddim yn dy feio di. Na'r Prifathro. Isio dy baratoi di ydw i.'

Sbio'n hurt ddaru fi.

'Ma' be sy 'di dŵad i'r fei yn golygu bydd 'na lot o bobol isio dy holi di. Ddim yn 'r ysgol. Adra. Efo dy fam. Ond ma'n bwysig nad wyt ti ddim ofn. Nac yn cuddio dim byd . . .'

'Pa bryd?' Ro'n i isio rhedag o fan hyn.

'Heno ne' fory, siŵr gen i. Oes 'na rywun yn 'r ysgol—rhywun o'r plant—yn gwbod? Ma'r Prifathro a finna'n gwbod, ac mi fyddwn ni'n deud wrth Miss

Gwawr, wrth reswm, ond wyt ti 'di deud yr hanes wrth rywun?'

Fuo bron i mi regi!

'Naddo. Ddim heddiw, ond ma' Geraint yn gwbod. Ro'n i jest â byrstio a ddaru fi ddeud wrth Geraint . . .'

'A Tomos?'

'Na, plîs, ddim Tomos.'

'O'r gora, paid ti â chynhyrfu. Cer di adra rŵan a deud wrth dy fam, bob dim. Peidio celu dim byd. A pheidio bod ofn. 'Nawn ni edrach ar d'ôl di yn 'r ysgol.'

'Diolch.'

Roedd hi'n gwbod nad o'n i'n ddrwg, ma'n rhaid. Roedd hi'n swnio'n ffeind. Wna i byth 'i galw hi'n hyll eto. O'n i isio mynd rŵan. Ro'n i'n mynd i grio, unrhyw funud.

Ddaru hi godi a dŵad rownd i'r un ochr â fi.

'Tyd rŵan. Awn ni adra.'

Pan ddaru ni fynd allan i'r coridyr roedd y Prifathro'n sefyll yn y drws a'i gefn aton ni.

Roedd o 'di bod yn gwrando. Ond doedd dim ots rŵan a'r cwbwl allan. Ddaru o droi a rhoi 'i law ar f'ysgwydd i.

'Iawn, Huw?'

'Iawn, Syr.'

A dyma fi'n rhedag fel mellten a'u gadal nhw'n sbio ar f'ôl i.

Roedd Mam yn y drws yn disgwyl. 'Ngweld i'n hir.

'Lle buost ti, Huw?'

A dyma fi'n deud.

'Chwara teg iddyn nhw. Ma'n gas arnyn nhw, cofia, gan fod Carli yn 'r ysgol hefyd.'

'Ddôn nhw?'

'Pwy?'

'Bobol i'n holi fi.'

'O dôn. Heno 'ma. Ddaru Sosial Wyrcyr addo dŵad. Ma' hi'n glên iawn. Ddim isio i ti fod ofn.'

'Be am y polîs?'

'Wn i ddim, Huw. Tyd i ni ddelio efo un peth gynta, ia?'

Doedd dim llawar o flas ar fwyd er bod Mam 'di gneud cásyrol neis, yr un fydda i'n 'i lecio, efo bob math o lysia a darna bach o gig porc ynddo fo. Dim ond mewn cásyrol fydda i'n byta cig porc. Fydda i'n deud bod 'i flas o 'run fath ag ogla mochyn, pan fydd o 'di'i rostio. Chwerthin fydd Mam pan fydda i'n deud hynny. Hwyrach fydd hi ddim yn chwerthin am 'y mhen i rŵan.

Newydd gadw'r llestri oedd Mam pan ganodd cloch y drws ffrynt. Ro'n i am fynd i atab.

'Mi a' i, yli,' medda hi gan sychu'i dwylo.

Ddaru hi ddŵad i mewn i parlwr efo dynas dal mewn dillad smart. Wel, nid smart dydd Sul, fel fasa Nain yn ddeud, ond smart fel mewn catalog. Siwt lliw 'run fath ag eirin a'r sgert yn gul ac yn hir a'r siaced yn hir 'fyd, yn cyrraedd i lawr dros 'i phen-ôl hi. Roedd hi'n gwisgo janglis yn 'i chlustia ac am 'i garddwn. 'I gwallt hi o'n i'n lecio. Roedd o'n llaes at 'i hysgwydd hi, ac yn goch,

goch fel tasa 'na fflama'n dŵad o'i phen hi. Roedd 'i chroen hi'n binc neis a'i llgada hi'n las, las, ac yn fawr. 'Esu, roedd hi'n ddel. Do'n i ddim yn gwbod 'na fel'na fasa Sosial Wyrcyr yn edrach. Ro'n i'n disgwyl hen ddynas flin mewn iwnifform ne' rwbath.

'Helô, Huw. Fi 'di Leri. Dwi isio dy holi di am be ddigwyddodd ddoe. Ti'n fodlon?'

'Esu, fasa hon yn ca'l holi faint fynna hi. Roedd hi'n edrach yn hiwman, toedd.

Ddaru Mam gynnig panad. Mi fydd hi'n cynnig panad i bawb.

'Diolch. Ia, fasa panad yn neis iawn ac mi ga i gyfla i ddod i nabod Huw 'ma.'

Doedd o ddim fatha holi, ond holi oedd o. Ddaru hi ddŵad rownd a rownd y gerddi at be oedd hi isio wbod go iawn. Sôn am 'r ysgol. Pwy oedd fy ffrindia i, a be fyddan ni'n chwara, ac yn lle. Petha gwirion o'n i'n meddwl, ond ddaru Mam ddeud wedyn ma' trio fy 'asesu' fi oedd hi. Trio gweld sut un o'n i go iawn. A gweld os o'n i'n deud clwydda, ella.

Fydda i byth yn deud clwydda. Alla i ddim, fel tasa 'nhafod i 'di'i glymu.

'Roedd hi'n medru gweld dy fod ti'n hogyn da, siŵr,' medda Mam ar ôl iddi hi fynd.

Fuodd hi acw am hydoedd. Roedd Mam efo fi trw'r adag, jest iawn. Ond pan oedd hi'n gneud panad. Ddaru hi gael dwy banad. Ges i Mars bar! Ro'n i'n methu credu'n llgada pan ddaru Mam 'i nôl o o'r drôr.

'Fydd o ddim yn ca'l llawar o 'nialwch, ond ma' hi'n ddiwrnod gwahanol heddiw, tydi,' medda Mam.

Y ddynas Leri yn gwenu ac yn nodio. Ma'n rhyfadd galw dynas yn 'i hoed a'i hamsar wrth 'i henw cynta, fel tasa hi'n Llio neu'n Siân. Ddim Miss o'i flaen o. Fasa Miss Leri yn iawn, 'run fath â Miss Gwawr. Trio bod yn agos ata i oedd hi, medda Mam. Ond roedd o jest yn 'y ngneud i'n swil. Heb arfar, ma'n siŵr. Mi fydd rhaid i mi arfar 'fyd achos oedd hi'n deud byddan ni'n gweld lot ar 'n gilydd am dipyn rŵan.

Doedd Mam ddim yn rhy hoff o'r syniad.

'Fuo gin 'run o'r teulu ddim byd 'rioed i neud efo Sosial Syrfis,' medda hi.

Roedd hi fel tasa hi'n flin efo fi wedi i'r ddynas fynd.

'Wn i ddim wir sut i ddeud hyn i gyd wrth dy dad. Doedd o ddim isio i mi fynd â chdi ar gyfyl y lle, nag oedd?'

'Ond doedd o ddim adra efo ni,' meddwn i'n dalog i gyd. Roedd o'n wir. Ro'n i 'di clwad Mam 'i hun yn deud hynna gymint o weithia, ond ddaru hi fyllio'n lân.

'Be 'ti'n siarad, hogyn? Wyddost ti ddim byd. Dos i'r llofft i chwara, wir, o dan draed.'

'Ga i fynd draw at Tomos?'

'Na chei. Paid ti â meiddio.'

Dyna fo. Roedd hitha'n teimlo cwilydd. Roedd hi'n meddwl na chawn i ddim croeso yn nhŷ Tomos ar ôl hyn. Roedd Sosial Wyrcyr yn mynd i fyny i le Geraint ar ôl bod yma, gan mai nhw oedd wedi cychwyn dŵad â'r peth i'r fei. Siŵr fyddan nhw ddim isio bod mewn rhyw hen lol fel hyn, chwaith.

Ella na fydd gin i byth ffrindia eto ar ôl be ddigwyddodd.

Ro'n i'n drist, drist a dyma fi'n mynd i'r llofft yn ddistaw bach, a mynd â Pero efo fi. Ddaru o'n llyfu fi i gyd fel tasa fo'n dallt.

12.

Wedyn ddaru'r stori dorri. Yn 'r ysgol roedd pob dim 'run fath ben bora ond ro'n i'n ama amsar chwara bod rhai yn sbio'n od arna i. Amsar cinio ddaru hi fynd yn flêr. Ddaru nhw fynd yn bisýrc!

Roedd Cefyn wedi hel criw at 'i gilydd a ddaru nhw ddŵad am Tomos a Geraint a fi heb i ni fod yn gwbod. Ddaru nhw gega i ddechra ond wedyn dyma Stifyn yn gafal yn 'y ngwallt i a 'ngwthio fi yn erbyn wal, a 'mhen i'n ôl a 'ngên i i fyny. Roedd o'n brifo. Ac roedd arna i ofn. Allwn i glwad y criw yn herio Tomos a Ger.

'Hy! Chi a'ch ffrind! Hen geg uffar. 'Di siopio cefndar Cef!'

'Esu, wyddwn i ddim bod Jim o dre yn perthyn i Cefyn. Ddaru 'nghalon i roi tro, dwi'n siŵr. Allwn i weld dim byd ond wynab Stifyn i ddechra. Roedd o mor agos ro'n i'n gallu gweld chwyth 'i drwyn o.

''Ma fo'r diawl bach i ti, Cef,' medda fo a rhoi hwth i mi.

Ddaru Cefyn afal yn 'y ngwallt i 'fyd ond roedd o'n fwy cas na Stifyn. Doedd o ddim yn gweiddi ac efo pob dim oedd o'n ddeud roedd o'n rhoi hergwd i mi yn 'y stumog nes 'mod i'n colli 'ngwynt.

'Diawl bach cegog!' Hergwd.

'I be oeddat ti isio siopio Jim?' Hergwd.

'Gwdi-gwdi, uffar.' Hergwd arall.

Wn i ddim am faint o amsar aeth hyn yn ei flaen, ond mi es i deimlo isio taflu i fyny. Roedd y lle'n troi ac ro'n i'n chwys i gyd. Ro'n i'n trio meddwl. Allwn i ddim. Na chlwad y lleill rŵan.

Ddaru fi sincio ar 'y nghwrcwd yn fanno dan wal a dim ond bryd hynny ddaru Cef roi'r gora iddi.

Welis i mo Llio a Siân yn rhedag i nôl Miss. Ddaru pawb sgrialu. Cwbwl dwi'n gofio ydi Miss Gwawr a Miss Jones H . . . glên yn gafal un bob ochr ac yn 'y nghodi fi. Roedd Llio a Siân a Ger a Tomos yn dal yna, yn hofran fel tasan nhw ddim yn gwbod be i neud.

Fuo fi'n ista yn y stafall fach yn ca'l fy nhacluso a wedyn ddaru'r Prifathro ddŵad a deud 'i fod o am fynd â fi adra. Ddaru neb ddeud be ddigwyddodd i Cef. Ro'n i'n falch o gael mynd o'r lle, ond do'n i ddim yn siŵr am fynd adra. Be fydda Mam yn feddwl?

Gyda'r nos ddaru Tomos alw efo'i fam a dŵad â lot o ffrwytha a chomics i mi. Ac mi ffoniodd Geraint.

Ro'n i'n edrach yn hyll rŵan. Llgada i'n dduon a 'nhrwyn i 'di chwyddo ac un daint 'di mynd i 'ngwefus nes roedd o'n llosgi wrth fyta, ne' siarad. Ro'n i'n gleisia drosta i.

'Esu, ro'n i'n teimlo'n ofnadwy! Ddaru Pero ddim symud o f'ymyl i trw'r adag. Roedd o'n ffrindia go iawn efo fi sut bynnag o'n i'n edrach.

Roedd llgada Mam yn gochion. Ro'n i'n gwbod pam.

Ro'n i'n gwbod bod petha'n hyll pan ddaru Nain gyrradd ar ôl te, wedi bod yn poeni medda hi, ac isio 'ngweld i drosti'i hun. Ddaru fi grio pan welis i Nain. Ro'dd hi mor ffeind efo Mam a fi.

Ro'n i isio Dad 'fyd, yn ofnadwy.

Fasa fo'n deall sut ma' hogia'n cwffio.

Do'n i ddim yn dallt chwaith pam na fasa Ger ne' Tomos wedi tynnu Stifyn a Cefyn oddi arna i.

Fuo Carli ddim yn 'r ysgol. Ger ddaru ddeud, ac

roedd 'na stori yn y pentra, medda fo, bod hi a'i mam 'di mynd i ffwr' i rwla.

Do'n i ddim 'di meddwl amdani hi o gwbwl.

Do'n i ddim ond yn meddwl amdana i fy hun. A Cef. Fuo fo'n ffrindia efo fi.

13.

Pan es i'n ôl i'r ysgol 'mhen dau ddwrnod, doedd dim byd 'run fath. Roedd yr athrawon yn ddigon clên ac yn deud y cawn i fynd o gwmpas efo nhw. Do'n i ddim yn dallt pam tan amsar chwara. Ddaru Tomos a Ger redag allan o 'mlaen i a phan ddaru fi gychwyn ar 'u hola nhw ddaru Llio a Siân ddeud ella basa'n well i mi beidio. Roeddan nhw'n sbio'n od arna i yn y dosbarth a dyma fi'n gofyn i Tomos oedd o'n dal yn ffrindia efo fi. Fedra fo ddim atab. Rêl Tomos! Geraint ddaru atab.

'Yli. Well-i-ni-beidio,' medda fo'n un rhigwm.

'Pam?'

''Dan ni ddim isio ca'l 'n tynnu i mewn i'r hen helynt 'ma. Dwi ddim isio polîs a phobol yn dŵad i fyny i tŷ ni.'

'Na finna,' medda Tomos wedi ca'l hyd i'w gyts yn rhwla.

'Ond pam?'

'O, paid â swnian. Ddaw petha'n olreit eto. Jest am dipyn, nei di. Tydan ni ddim isio chdi . . .'

'Am dipyn,' ychwanegodd Tomos.

Roedd o'n teimlo fatha cael cweir eto.

Doedd gin i neb. Dim un ffrind.

49

Adra'r noson honno ddaru fi ddial ar Mam. Bod yn stiwpid. Atab hi'n ôl. Cau cadw 'metha.

'Yli,' medda hi, wedi colli'i thempar. 'Be sy'n bod?'

'Chi. Chi ddaru fynd â fi i'r hen le 'na. Arnoch chi ma'r bai bod gin i ddim ffrindia ar ôl.'

'Paid â bod yn wirion . . .'

'Ddylach chi wbod sut un o'dd Jim a'i fod o'n perthyn i Cefyn, a basa pawb yn meddwl bod fi *isio* gweld fideos budur efo Carli . . .'

Dyna pryd ddaru'r ffôn ganu.

Dyna pryd ddaru pob un dim newid. Am byth.

*   *   *

Ddaru llais Mam newid. Deud dim am dipyn, dim ond nodio.

Yn Saesneg roedd hi'n siarad.

'*How bad*?' glywis i, a dyna Mam yn ista i lawr, yn y gongol wrth y ffôn ac un llaw dros 'i cheg.

Ddaru fi sefyll yn fan'no yn ganol y lobi yn sbio a sbio. Tydw i ddim yn meddwl 'i bod hi'n gwbod 'mod i yno. Ddaru hi roi'r ffôn yn ôl yn syth yn 'i le, a dal i ista. Roedd hi'n siglo 'nôl ac ymlaen, 'nôl ac ymlaen.

Mi redis i ati hi.

'Mam! Mam, be sy?'

Gafal amdana i ddaru hi a chymryd 'i gwynt i mewn yn ddyfn.

'Huw bach. Helpa fi i godi 'nei di.'

Aethon ni'n ôl i'r stafall fyw, a Mam yn mynd at y ffenast. Fydd hi o hyd yn mynd at ffenast os bydd hi'n bryderus. Dyma hi'n troi. Roedd 'i wyneb hi'n wyn fel papur. Llgada hi'n fawr, fawr. Welis i rioed Mam yn edrach fel'na. Ond ro'n i isio gwbod.

'Be sy? Be 'di'r matar?'

'Dad. Dad 'di ca'l damwain!'

Do'n i ddim isio credu. Roedd Mam 'di bod yn siarad efo fo pnawn, medda hi, ar y ffôn. Deud yr hanas a ballu.

Roedd o 'di gwylltio'n ofnadwy am helynt Carli.

'Arna i ma'r bai?'

'Naci siŵr, 'ngwas i. Naci siŵr.'

Dyma Mam yn dechra cerddad rownd a rownd a finna'n sefyll yn sbio arni hi.

Wedyn dyma hi'n mynd at y ffôn a glywn i hi'n siarad efo rhywun. Mam Tomos. Ro'n i'n gorfod mynd at Tomos. Ond fydda fo ddim o f'isio fi.

Ddaeth Pero o rywle a dechra llyfu fy llaw i.

Dyma pryd ddaru fi grio.

Do'n i'n dda i ddim i neb ond i'r ci.

Roedd Mam yn ffonio Nain. Deud bod hi'n dŵad draw. Ddaru hi ddim deud pam. Ddim isio dychryn Nain. Be oedd yn rhyfadd oedd mor gry oedd Mam yn swnio, fel tasa hi'n trefnu pawb a phopeth.

Fydda Nain yn dŵad i gysgu yn tŷ ni heno achos roedd Mam a hitha'n dal trên chwech yn bora. Roedd Dad yn 'sbyty yn Strathclyde. Lle bynnag oedd fanno.

Roeddan nhw wedi mynd â fo yno mewn hofrenydd.

Pan oedd Mam yn gneud panad cyn mynd â fi draw i lle Tomos, dyma gloch y drws yn canu.

'Esu! Ges i sioc. Doedd Mam ddim 'di cael cyfla i ddeud.

Dynas heddlu. Mewn iwnifform. Roedd blew bach 'mreichia i i gyd yn sefyll i fyny ac ro'n i isio pi-pi a phob peth.

Do'n i ddim 'di meddwl basa 'na neb yn dŵad eto.

Pan welodd hi'r olwg arnon ni'n dau, a Mam yn

egluro be oedd 'di digwydd, ddaru hi ddeud fasa hi ddim yn hir.

Ddaru hi roi'i braich amdana i a gofyn i mi ddeud unwaith eto, yn fyr, be ddigwyddodd yn lle Carli. Roedd hi'n sgwennu'r cwbwl i lawr. Ro'n i'n teimlo'n reit bwysig. Adag arall faswn i 'di teimlo fel taswn i ar y teli. Ro'n i isio iddi frysio. Tasa bora fory'n dŵad yn gynt, a Mam yn gallu mynd at Dad, fasa petha'n olreit.

Yn y diwadd dyma hi'n troi at Mam ac yn deud na fydda 'na ddim mwy o holi arna i, bod Jim 'di cyfadda bob dim, ond mi fydda Carli'n gorfod cael tipyn mwy o sylw.

'Esu, o'n i'n falch!

'Blydi hel, Mam, pam bod bob dim drwg yn digwydd i fi?'

Prin oedd Mam 'di cau'r drws ar y blismones.

'Edrach fel'na mae o rŵan sti. A plîs paid â rhegi, 'ngwas i.'

Roedd 'i meddwl hi'n bell. Yn Strathclyde.

14.

Ddaru tad Tomos gael y map allan a dangos i mi lle oedd Strathclyde a ddaru o ffonio rhwla i holi am y trena a dyma fo'n sgwennu'r cwbwl i lawr i mi.

Roedd o'n help. Allwn i ddychmygu Mam a Nain yn mynd ar y trên ac yn cyrraedd gorsaf fan-a'r-fan a'r enw i weld yn fawr, ac yn y diwadd yn cyrraedd gorsaf a'r enw STRATHCLYDE yn fawr ym mhob man, a nhwtha'n gwbod 'u bod nhw wrth ymyl Dad o'r diwadd. Leciwn i fod wedi mynd efo nhw, ond roedd yn rhaid i mi fynd i'r ysgol.

Roedd Tomos fel tasa fo 'di anghofio pob dim am y ffrae a ddaru ni helpu mam Tomos i glirio ar ôl i'w chwaer fach o fynd i'w gwely. Dwi'n 'i lecio hi. Fasa'n braf cael brawd ne' chwaer bach. Wedyn ddaru Tomos a fi fynd ar y cyfrifiadur ond yn sydyn dyma fi'n cofio.

Roeddan ni 'di anghofio Pero.

Ddaru tad Tomos fynd draw i tŷ ni a dyna lle roedd Pero yn sownd yn y cwt yn y cefn. Ddaru o fynd â fo am dro. Do'n i ddim yn lecio gofyn fasa Pero'n cael dŵad hefyd, i dŷ Tomos.

Ddaru fi ddim cysgu'n iawn. Troi a throsi, a gweld Dad yn y gwely yn 'sbyty, fel ar y teli. Gweld Pero yn y cwt yn edrach yn ddigalon. Dychmygu 'i glwad o'n udo.

Dychmygu Mam a Nain. Yn siarad. Yn mynd efo'i gilydd ar y trên, ar daith bell, bell, bell.

Nain oedd mam Dad. 'Run fath â Mam a fi. Un hogyn oedd gin Nain, ond oedd gin Dad chwaer. Yn Manchester. Pawb yn bell. Doedd gin i ddim brawd na chwaer, dim ffrindia chwaith, bron. Be tasa rhwbath yn digwydd i Dad? Dim tad chwaith.

Ddaru fi grio'n ddistaw bach nes yn diwadd ddaru fi gysgu.

Roedd gen i llgada coch yn y bora.

Amsar brecwast ddaru fi ofyn i Tomos fasa fo'n gofyn i'w fam o fynd i edrach a oedd Pero'n iawn.

Amsar te roedd Pero yno'n disgwl ni a'i gynffon o'n chwyrlïo. Un ffeind 'di mam Tomos, ac roedd 'i chwaer fach o wrth 'i bodd efo'r ci.

Rydw i'n teimlo fel taswn i ddim 'di cysgu ers wythnos. Tydi bywyd ddim 'run peth chwaith. Rydw i'n teimlo fel taswn i mewn breuddwyd. Pob dim yn mynd yn 'i flaen yn 'r ysgol 'run fath ag arfar. Mae pawb yn glên ond neb yn deud llawar.

Mae'n rhyfadd fel mae Geraint hefyd 'run fath â Tomos, wedi anghofio pob peth am y busnes Carli. Ma' Pero a fi yn tŷ Tomos ac mae'r ddau ohonan ni'n cael mynd i dŷ Geraint ddydd Sadwrn. Mae Mam yn ffonio bob nos. Tydi hi'n deud dim. Ddaru fi weld cip ar y papur newydd ac roedd 'na hanas am y ddamwain, ond ddaru tad Tomos 'i gipio fo a'i roi o yn 'i friffces a smalio 'i fod o ar frys. Ddaru Llio roi'i throed ynddi.

'Dy dad wedi brifo'n ofnadwy tydi,' medda hi. Aeth hi'n goch i gyd, a ddaru Siân drio troi'r stori.

Pam roedd pawb yn meddwl 'mod i'n rhy ifanc i wbod?

Biti bod pob dim mor ofnadwy yn ddiweddar, achos mae hi'n ddifyr yn 'r ysgol.

'Dan ni newydd sylweddoli mai'n blwyddyn ni fydd y dosbarth hyna tro nesa.

Heddiw roedd dosbarth hyna leni'n mynd am dro i'r Ysgol Uwchradd ac roeddan ni'n ca'l ffeirio stafall tra oeddan nhw i ffwrdd.

Roedd o'n braf teimlo'n bod ni'n tyfu. Fydd pobl yn siarad efo fi'n iawn wedyn, ella. Dwi 'di tyfu 'chydig bach yn gorfforol. Sgidia fi'n rhy dynn ac mae 'nhrywsus i'n dynn am 'y mol i 'fyd. Gobeithio 'neith o ddim hollti. Ddaru trywsus Ger hollti un tro, nes oedd 'i drôns bach o'n golwg. Cwilydd! Roedd pawb yn giglo ond roedd Ger yn chwerthin efo nhw. Mae Siân a Llio lot talach na ni rŵan.

Tydi Cefyn a'i ffrindia ddim yn gneud dim efo ni rŵan. Well felly. Tydi o ddim yn cega na bygwth na dim. Gynno fo gwilydd, medda Ger, 'i fod o 'di 'nghuro fi, ac mae o'n gwbod rŵan fod Jim yn ddrwg go iawn. Yn ôl Geraint, roedd Jim ar gyrion lot o betha ac roedd hi'n dda fod petha 'di dod i'r wynab cyn iddo fo neud petha gwaeth.

Wn i ddim pa betha, ond dwi ddim isio gwbod.

Mae o'n teimlo'n bell yn ôl rŵan.

Dwi'n meddwl am Dad bob munud. Yn 'y ngwely fydda i'n meddwl fwya.

Neb i dynnu'n sylw i. Ddaw Nain adra ddechra'r wsnos efo Anti Fal, chwaer Dad. Fydd Mam yn aros, i fod wrth ymyl Dad. Ew, dwi isio gweld Mam, isio gafal amdani hi, fel fyddan ni'n neud pan fydd petha'n annifyr.

Hwrach fydd Nain yn barod i egluro i mi. Be ddigwyddodd? Pam? Sut mae Dad? Pryd fydd o'n dŵad adra? Ga i fynd i'w weld o? Ydi o isio 'ngweld i?

Ddaru o gael y ddamwain achos 'i fod o wedi gwylltio wrtha i?

Dwi'n gweithio fflat owt yn 'r ysgol rŵan achos os gwna i'n dda ella fydd Dad a phawb yn madda i mi.

Ma' *CD-ROM* tad Tomos yn bril! Tydi'r mecano ddim 'di cael llawer o sylw ond ma' Tomos a fi am neud rhwbath efo fo er mwyn i Nain gael gweld.

*   *   *

Ma' Nain 'di dŵad adra!

Ma' hi 'di blino'n ofnadwy ac yn edrach yn hen. Ddaru fi rioed feddwl o'r blaen faint ydi oed Nain, na faint o oed ydi hen. Roedd Anti Fal yn glên, ond tydw i ddim yn 'i 'nabod hi fatha Nain. Hen ferch 'di Anti Fal, er dwi ddim i fod i ddeud hynny, medda Mam, achos 'i bod hi'n sensitif. Fasa'n well iddi ffendio gŵr os ydi'r peth yn 'i phoeni hi gymint.

'Ddoi di i ddallt ryw ddiwrnod,' ges i. Hy!

*   *   *

Ro'n i'n iawn. Ddaru Nain egluro pob dim i mi, yn dawel bach o flaen tân; dim ond hi a fi a Pero. Roedd o'n falch o fod yn ôl adra 'fyd, dwi'n siŵr, achos roedd o'n gorfod cysgu yn y cwt yn tŷ Tomos. Rhwbath oedd yn bod ar ryw folltia, a ddaru sgaffaldia mawr ddisgyn a thaflu Dad a thri dyn arall lathenni, medda Nain.

Roedd dau o'r dynion oedd efo Dad 'di marw. Roedd Dad 'di brifo'i gefn ond roedd y dyn arall 'di 'nafu'i ben. Roedd hi'n waeth arno fo na Dad, medda hi.

Fuo Dad yn wael iawn am dri diwrnod ac mi fydd yn gorfod aros yn y 'sbyty am hir eto. Lwcus 'i fod o'n fyw!

Fydd Mam ddim adra am wythnos arall, wedyn ella bydd hi'n bosib i mi gael mynd i weld Dad, efo Anti Fal a Nain. Mae'n braf cael gwbod. Fedra i gysgu rŵan yn lle dychmygu a mwydro.

Ma' Dad yn gorfod cael llawdriniaeth rywdro i weld os gallan nhw drwsio'i gefn o. Wyddan nhw ddim eto os bydd o'n medru cerddad.

Ond mae o'n fyw; ac yn holi a holi amdana i, medda Nain.

Dwi am fynd i aros i dŷ Nain nes daw Mam adra. Fydd Nain yn trefnu efo'r ysgol, ac ma' hi bron yn ddiwadd tymor beth bynnag.

'Esu, ma' 'na lot o betha 'di newid.

*   *   *

Fuo fi i yn y capal efo Nain. Roedd angan mynd i ddiolch bod Dad yn fyw, medda hi. Do'n i ddim 'di bod mewn pregath o'r blaen a do'n i ddim yn dallt pob dim, ond roedd hi'n ddistaw a llonydd yno a llais y dyn yn braf i wrando arno fo.

Ddaru 'na ryw deimlad rhyfadd ddŵad drosta i i gyd, fel tasa 'na rwbath yn lapio'i hun amdana i. A ddaru'r dyn sôn am Dad ac am Nain a fi pan oedd o'n gweddïo. Roedd hynny'n deimlad rhyfadd. Roedd 'na rywun 'blaw ni'n poeni amdanon ni.

Dyna pam roedd pobol yn mynd i capal, ella, i gael cwmpeini.

Pan ddaru fi holi Nain, be ddeudodd hi oedd mai dyna oedd y gymdeithas, pawb yn malio am 'i gilydd.

Dwi ddim yn dallt y darn am y gymdeithas. Ddim eto.

Dwi'n dŵad i ddallt lot o betha rŵan. Fel sut ma'r cefn yn gweithio. Ddaru Tomos a fi gael lot o wybodaeth ar y *CD-ROM* ac roedd o'n gneud sens wedyn pam roedd rhaid i Dad gael y llawdriniaeth. Hwrach fydd rhaid i Dad fod mewn cadar olwyn. Nid bod neb yn sôn wrtha i. Mae'n rhy fuan i boeni am hynny eto, medda Nain; 'i gael o i gryfhau a dŵad adra sy'n bwysig rŵan.

Ma' Nain yn swnio mor bendant, dwi ddim yn poeni hannar cymaint pan dwi efo hi. Mi ga i holi hynny lecia i arni hi, ac mae Pero'n ca'l dŵad i'r tŷ.

''Rhen gi bach yn gall iawn, chwara teg iddo fo,' medda hi, pan ddaru fi drio diolch iddi hi.

Un diwrnod ddaru Nain fynd â fi cyn belled â Chaernarfon. Fuon ni'n gweld y castall ac yn ca'l sglodion mewn caffi bach ar y Maes, ond be ddaru fi fwynhau fwya oedd cerddad ar hyd y cei lle roeddach chi'n gallu gweld draw i Ynys Môn. Roedd 'na griw o hogia tua'r un oed â fi ar y cei, yn mynd i 'sgota, ac roeddan nhw'n trafod be roeddan nhw'n mynd i neud. Ddaru un wenu ar Nain a fi. Roeddan nhw i gyd yn siarad Cymraeg, ac roedd Nain yn lecio hynny, allwn i ddeud. Leciwn i gael mynd efo nhw.

Dwi'n lecio'r *CD-ROM*. Mae o'n bril, ond dwi'n colli cael rhedag a chwara allan. A tydi Pero'n gweld dim mewn cyfrifiadur.

Ma' Nain yn deud ga i ddysgu Dad ar y cyfrifiadur pan ddaw o adra. Fydd o byth, byth eto yn mynd ar rig.

15.

Ges i fynd efo Nain ac Anti Fal i fyny i Strathclyde i weld Dad. Nefi, roedd o'n bell. Roeddan ni'n cychwyn ben bora cyn i neb godi, i osgoi rhywfaint o draffig, meddan nhw. Mynd fuon ni, drw'r dydd, ac aros bob hyn a hyn i gael panad a phi-pi a ballu. Alla fo fod yn hwyl, ond roedd 'y nhu mewn i'n troi trw'r amsar yn meddwl be welwn i'r pen arall i'r daith. Ro'n i 'di bod yn gweld Geraint pan gafodd o dynnu'i bendics ac ro'n i 'di gweld pennod ne' ddwy o *Casualty*. Do'n i ddim i fod, ond ddaru fi swnian gymint ddaru Mam roi mewn yn diwadd. Do'n i ddim isio gweld mwy!

Roedd y 'sbyty yn *ginormous*! Milltiroedd o goridyrs a'r bobol ym mhob man yn siarad yn wyllt efo acen fawr ddiarth. Roedd o fatha tasan ni 'di landio ar Mars. 'Esu, roedd arna i ofn; mi fasa'n well taswn i wedi aros yn tŷ Tomos efo Pero. Nain oedd yn grêt; roedd hi'n siarad efo pawb fel tasa hi'n 'u nabod nhw rioed. Ddaru Anti Fal afal yn fy llaw i. Doedd hi'n deud dim ers meitin, ond dyma hi'n gwasgu fy llaw i jest cyn i ni gyrraedd y lifft i fynd i fyny at Dad.

'Paid ti â phoeni. Dda gen i'r hen lefydd 'ma chwaith, cofia.'

'Ond ma'n dda i ni wrthyn nhw,' medda Nain. Fydd arna i isio atab yn ôl pan fydd hi'n deud petha fel'na.

Nefoedd yr adar, ges i fraw!

Allwn i weld dim byd, dim ond peirianna, am funud pan ddaru ni gyrraedd y ward fach. Wedyn dyna Mam yn dŵad o ryw gongl a gafal amdana i. O, braf!

Roedd o'n gorfadd ar wastad 'i gefn yn sbio'n syth i fyny at y to. Alla fo ddim troi'i ben na dim byd.

Roedd o'n wyn fatha'r gwely ac roedd weiars a pheipia'n dŵad o bob man a sŵn hymian a chwythu rhyw beiriant yn fy ngyrru fi'n wirion.

Ond wedyn dyna fo'n siarad. Roedd 'i lais o'n wan ac yn crynu, ond dyma fo'n deud:

'Huw. Huw bach. Tyd yma. Gafal yn fy llaw i, 'nei di?' A dyma Mam yn mynd â fi ac yn rhoi fy llaw i yn 'i law o, o dan y *gadgets* i gyd. Mi wasgodd hi ora medra fo ac roedd o'n gynnas. Roedd arna i ofn y basa fo'n oer ac yn stiff.

Ond Dad oedd o o hyd, waeth am y briwia a'r tacla.

Ddaru fi ddŵad ata fy hun yn ara deg wedyn a symud i Nain ac Anti Fal gael 'i weld o.

Ddaru fi fynd allan i ryw goridyr bach i ista, dim ond Mam a fi, a wedyn ddaeth petha'n ôl yn iawn. Allwn i weld yn glir achos oedd y niwl 'di mynd odd' ar 'y llgada fi.

Dyna pryd ddaru fi sylweddoli cymint o'n i 'di colli

Mam 'fyd. Ddaru hi egluro bod y llawdriniaeth wedi gweithio'n dda ond y bydda Dad yn hir iawn yn mendio. Fydda fo'n gallu cerddad ryw dro, efo ffon, ond os bydda fo isio mynd yn bell fydda rhaid iddo fo gael cadar ne' gar bach.

Fydda fo byth eto'n mynd ar gyfyl rig.

Ar y ffordd adra ddaru fi gael y teimlad 'na ges i'n capal Nain eto, fel tasa 'na rwbath cynnas yn lapio amdana i. Wedyn ddaru fi gysgu.

*   *   *

Roedd o'n ha rhyfadd. Dreulis i lawar o amsar yn tŷ Nain ac yn nhŷ Tomos a mynd at Ger pan fydda hi ddim yn rhy brysur ar 'i fam o. Ro'n i fel parsal yn mynd o le i le, ond roedd pawb yn ffeind. Be ro'n i'n golli oedd chwara fel roeddan ni'n arfar, erstalwm. Roedd o'n teimlo fel erstalwm iawn.

Roedd mam Tomos a Nain fel tasan nhw ofn i mi fod ar fy mhen fy hun. Efo Pero oedd yr unig lonydd o'n i'n 'i gael. Roedd o'n dallt 'mod i'n lecio ista a sbio weithia am hir, a deud dim byd. Meddwl fyddwn i. Fydda i'n lecio meddwl.

Roedd hi'n well pan ddaeth Mam adra achos doedd dim rhaid i mi neud pob dim oedd hi'n ddeud ac mi fyddwn i'n aros yn fy ngwely i feddwl. Ne' ista ar fainc dros ffordd i'r tai. Efo Pero.

Dyna lle ro'n i pan gafodd Cefyn a Stifyn hyd i mi.

'Esu, sinach 'di'r Cefyn 'na. Doedd o ddim yn fodlon heb gael un dig arall arna i, nag oedd.

Doedd o ddim yn fy lecio fi o gwbwl.

A ninna wedi ca'l cymint o hwyl, o'r blaen.

60

Ddaru nhw ddŵad reit i fyny ata i, ac ista un bob ochr i mi. Roedd Per yn ysgwyd 'i gynffon, yn falch o weld Cefyn, ond ddaru o ddim cymryd dim sylw o'r ci.

Dyma nhw'n stwffio'n glòs ata i a Cefyn yn deud mewn rhyw hen lais annifyr bod gin i fam oedd ddim gwell na neb arall.

Do'n i ddim yn dallt.

Ddaru o ddeud wedyn 'i fod o wedi gweld Jôs Blawd a'i fraich amdani hi a hitha'n pwyso yn 'i erbyn o.

Ddaru o ddeud petha hyll iawn. Ro'n i 'di mynd yn oer i gyd ond fedrwn i ddim deud dim byd.

Dyna nhw'n codi wedyn a rhoi pwniad bob un i mi cyn mynd. Rhyfadd! Ddaru Pero chwyrnu, dwi'n siŵr iddo fo chwyrnu.

'Py! Chdi a dy blydi hownd dog uffar,' medda Cefyn a'i heglu hi.

Ddaru fi ddal i ista'n fanno am wn-i-ddim-faint.

Yn ara deg bach ddaru fi wylltio. Roedd o fel sosban yn berwi, yn codi tu mewn i mi fesul tipyn bach nes yn diwadd dyma fi'n codi ac yn rhedag i'r tŷ a bangio drysa. Glywodd Mam y sŵn a dyma hi'n dŵad lawr o'r llofft.

Ddaru mi 'mosod arni hi!

Roeddan ni'n fanno'n ganol y lobi. Mam yn trio gafal yna i a finna'n waldio ac yn cicio. Ro'n i'n crio ac yn gweiddi ac roedd Pero'n coethi.

Wedyn allwn i neud dim byd ond ista ar 'y nghwrcwd ar stepan isa'r grisia, yn crio.

Dyma Mam yn penlinio yn fanno ac yn gofyn mewn difri be oedd yn bod. Roedd hi'n meddwl ma' poeni am Dad o'n i.

Pan ddeudis i be oedd, ddaru hi chwerthin.

'O brenin mawr,' medda hi wedyn. 'Yli, Huw bach, rhaid i ti gael mwy o ffydd na hynna yn dy fam. Arna i ma'r bai! Ddylwn i siarad mwy efo chdi. Ti'n mynd yn hogyn mawr a finna heb sylweddoli. Ti'n cofio fi'n deud am Anti Fal, fuo gynni hi gariad, erstalwm? Wel, brawd Jôs Blawd oedd o. Gafodd o 'i ladd ar fotobeic yn ymyl Llanrwst. Dyna pam tydi Fal byth 'di priodi. Heb weld neb fedra gymryd 'i le fo, a dyna pam oedd mynd i weld dy dad mor anodd iddi hi.

'Roedd o'n gwbl naturiol bod Jôs, fel ti'n 'i alw fo, wedi trio fy nghysuro i. Roedd y ddamwain wedi dŵad â llawar o atgofion yn ôl iddo ynta.'

''Rhen ddiawl . . .!'

'Huw, gwranda . . .'

'Naci. Cefyn 'te. Mae o'n lecio gneud bob dim yn fudur.'

'Ma'n siŵr, Huw. Tydi pobl fel 'na ddim gwerth i ti ddelio efo nhw, mi dynnan bob dim i lawr i'w lefal nhw.'

Ro'n i'n difaru rŵan 'mod i wedi lecio cymint ar Cefyn erstalwm. Lecio'r hwyl o'n i, medda Mam.

16.

Ew, roedd o'n haf rhyfadd.

Ro'n i 'di dŵad i ddallt mwy o betha. A deud y gwir, mi fydda hi'n reit braf mynd i'r ysgol eto, a flwyddyn nesa mi fyddan ni'n mynd i'r Ysgol Fawr.

Ro'n i am neud fy ngora glas rŵan yn 'r ysgol achos roedd Nain yn deud tasa Dad 'di gweithio yn 'r ysgol fasa dim rhaid iddo fod wedi mynd ar gyfyl rig. Doedd

Mam ddim mor siŵr. Antur oedd y rig, medda hi, a breuddwydiwr oedd Dad.

Wn i ddim am be oedd o'n medru breuddwydio rŵan.

*   *   *

Ddaru nhw ddŵad â Dad i lawr i 'sbyty Gobowen ac roedd o'n dysgu cerddad eto ac mi fyddan ni'n gallu mynd i'w weld o'n amlach.

Roedd o'n well bob tro er y bydda fo'n poeni weithia ar be roeddan ni'n mynd i fyw.

Wedyn ddaru Mam glywad gan ryw gyfreithiwr y bydda Dad yn ca'l compenseshion, a ddaru hi drio egluro i mi sut oedd peth felly'n gweithio. Iawndal oedd Nain yn galw'r peth, a rhywsut roedd hynny'n 'i neud o'n gliriach.

Ddaru tad Tomos ddechra dysgu'r gitâr efo'r *CD-ROM*. Roedd o'n medru dipyn bach o'r blaen, medda Tomos. Roedd o'n bril!

Pan fydd Dad 'di ca'l y pres, ella fedran ni gael cyfrifiadur iawn a *CD-ROM* a ballu.

Ella fedra Dad freuddwydio am hynny.

'Paid â chodi cestyll, Huw bach,' medda Mam.

Roedd hi fel tasa hi ofn breuddwydio.

Ddaru hanas achos Jim o dre ddŵad i'r papura 'fyd.

Roedd 'na goblyn o stinc.

Wrth iddyn nhw fynd ar ôl Jim ddaru nhw ffendio bod 'na griw o ddynion o gwmpas y lle'n gneud fideos budur ac yn 'u gwerthu nhw trw'r post i rai fatha Jim.

Roedd Mam yn diolch na chawson nhw ddim gafael ar 'hogan fach Ship'. Roedd hi'n codi pwys arna i, ond oedd gin Mam biti drosti hi'n ofnadwy.

Fydd hi ddim yn dŵad yn ôl i'r ysgol ni eto; mae hi'n cael 'i gyrru i ffwr' i'r ysgol rŵan.

Roedd Ger yn deud alla rhywun ddefnyddio cyfrifiadur i weld petha budur 'fyd. Roedd o'n wybodaeth, toedd, ac roedd pawb yn deud na chân ni byth ormod o wybodaeth.

Ddaru Pero farw ddechra mis Medi. Roedd o 'di bod yn sâl a neb 'di ffendio achos roeddan ni'n mynd ac yn dŵad efo Dad a ballu. Ddaru o fynd yn dena ofnadwy ac roedd 'i arenna fo'n darfod.

Fuo rhaid i dad Ger fynd â fo at y Fet, ond doedd 'na ddim byd alla fo neud, wir, a fuo fo farw'r noson honno. Oedd o'n sbio arna i ac yn trio codi'i ben ac ro'n i a Mam yn crio.

Roedd o fel tasa bob dim 'di dod i ben.

Ew, roedd o'n ffrind da. Roedd o'n gwbod bob dim amdana i.

Ddaru fi gysgu efo Mam y noson honno a ddaru hi ddim trio 'mherswadio fi i beidio.

Roedd hi'n crio 'fyd.

*   *   *

Pan ddois i adra o'r ysgol roedd tad Ger 'di bod i lawr. Mam 'di'i ffonio fo.

Roedd o 'di claddu Pero yn bendraw'r ardd wrth ymyl y goedan rosod lle bydda fo'n claddu'i esgyrn a ballu.

Roedd o 'di rhoi llechan ar y bedd ac wedi sgwennu arni hi efo paent:

PERO
Naw math o gi

Ro'n i 'di anghofio am hynny!

Fydda i ddim isio ci arall, os na fydd Dad isio un yn gwmpeini.